남
여성
산뜻하게 벗겨보기

이수원 지음

나무생각

이 수 원

1956년 생으로 영남대학교 철학과 및 동 대학원 박사과정을 졸업하고 현재
창원대학교 철학과 교수로 재직하고 있다.

그는 이론철학에서 방향을 전환, 철학과 현실을 접목하는 작업에 몰두해 왔
다. 이론을 위한 철학이 아닌 삶을 위한 철학을 위해 생활 속에서 철학의 주
제를 찾고 있다. 또한 논문 위주의 형식적인 글쓰기가 아니라 재미와 깊이
가 조화를 이룬 살아있는 글쓰기가 그의 주된 관심사이다.

저서로는《멋진 인생을 위한 7가지 지혜》,《삶과 사랑의 미학》이 있다.

남성 여성 산뜻하게 벗겨보기

지은이 · 이수원
펴낸이 · 한 순
펴낸곳 · 나무생각
영업 · 이희섭 / 편집 · 김현만

초판 1쇄 인쇄 1999년 10월 20일
초판 1쇄 발행 1999년 10월 25일
출판등록 · 1998년 4월 14일 제13-529호

주소 · 서울특별시 마포구 서교동 328-13
전화 · (대) 334-3339, (편) 334-3308
FAX. · 334-3318

값은 뒤표지에 있습니다.
ISBN 89-88344-09-X 03810

잘못된 책은 바꾸어 드립니다.

아름다운 성과 사랑을 위한 지혜

우리 **인간**은 서로 미워하기 위해서 이 세상에 태어난 것이 아니라, 서로 **사랑하기 위해서 태어난 것**이다. 그런데 왜 미워하기가 더 쉬운 것일까?

그것은 서로에 대해 잘 모르기 때문이다. 그 중에서도 인간의 가장 중요한 요건인 성과 사랑에 대해 잘못 알고 있기 때문이다. 남녀는 서로 자기가 원하는 성과 사랑을 그대로 상대방에게 강요하고 있다. 그래서 갈등과 반목이 일어나는 것이다. 우리가 서로의 성과 사랑을 이해하고 허용한다면 남녀는 서로 조화를 이루고, 성차를 뛰어 넘어 보다 행복할 수 있을 것이다.

우리 나라는 지금 성범죄율이 세계 1, 2위를 다투고 있고 이혼율도 프랑스, 일본을 앞질러 세 쌍이 결혼하는 순간 한 쌍은 이혼하고 있다.

이런 상황을 볼 때 성과 사랑에 대한 진지한 성찰은 우리 모두에게 절실한 문제로 다가온 것 같다.

성과 **사랑**은 인간의 근본적인 **욕구**이며 **기쁨**이다. 이러한 욕구는 억제되거나 부정되어서는 안 되며, 올바르게 꽃피울 수 있도록 제대로 가르쳐져야 한다.

최근에는 청소년을 위한 성교육 책이나 솔직한 성문화 탐방기들이 나오면서 다각적인 시도들이 일어나고 있다.

나는 성과 사랑에 대한 남성과 여성의 차이점과 특징을 산뜻하게, 솔직하게 벗겨보고 싶다. 그리하여 서로의 차이점에 대해 인식하고 배려하고 조화를 이루며, 좀더 사랑이 넘치는 사회가 될 수 있는 실천적 지혜를 제시하고자 한다.

인간의 **성**과 **사랑**은 적극적으로 **배워야 할 실천적 지혜**이다. 인간은 미적분의 수학공식은 모르고 살아갈 수 있지만, 이성과 어떻게 교제하고 친구와 어떻게 사귈 것인가를 모르고서는 제대로 살아갈 수 없는 것이다.

그러나 지금 우리에게 필요한 것은 '**사랑하라!**'는 추상적인 외침이 아니라 '**어떻게 사랑할 것인가?**'라는 **구체적 행동방식**이다. 사랑과 성은 아무나 자연스럽게 할 수 있는 것이 아니라 자각과 각성이 필요하다. 능력이 수반되어야 제대로 사랑할 수 있는 것이다.

하지만 지금 우리 사회에서 광범위하고 다양한 채널을 통해 우리에게 영향을 끼치고 있는 것은 너무나 어둡고 **왜곡된 성, 순간적인 사랑**이라고 할 수 있다. 대화 상대에게 성생활의 체위에 대해 묻는다고 해서 성생활에 솔직한 사람일까? 금기된 행위를 시도해 보는 것을 진정한 성과 자유라고 할 수 있을까?

삶의 가장 깊고 진정한 기쁨을 가져올 수 있는 성과 사랑이 자본주의 사회 속에서 소비품으로 추락하고 있다. 이런 왜곡된 성과 순간적인 사랑의 질곡에서 벗어나 밝고 **아름다운 성, 성실하고 산뜻한 사랑**으로 나아가야 한다. 그런 의미에서 성과 사랑에 대한 올바른 이해와 실천이야 말로 **우리 인생에서 가장 절실한 과제**가 아닌가 생각된다.

이 책은 교양강좌 '성과 사랑의 철학' 과목 개설을 계기로 준비되었다. 앞으로 사랑하고 결혼할 청춘남녀들이 제대로 사랑하고, 결혼해서도 한 침대에서 두 이방인이 더 이상 탄생하지 않기를 바라는 마음에서 썼다.

벗겨야 한다. 몸이든 마음이든 가식과 위선의 껍질을 한 거풀 벗겨내는 작업은 매우 중요하다. 그리하여 우리가 최종적으로 시선을 두는 곳은 어느 곳인가? 그곳은 밝고 아름다운 '성과 사랑의 정원'이다. 그런 의미에서 나는 이 책에서 초대하는 '성과 사랑의 정원'에서 우리 모두 산뜻하게 벗을 것을 권한다.

수업 시간에 열심히 발표해준 학생들에게 고마움을 표한다. 그리고 원고를 읽고 조언을 아끼지 않은 주위의 여러분들께도 감사드린다.

그리고 부족한 원고를 참한 책으로 꾸며준 도서출판 '나무생각' 가족 여러분들께도 감사드린다.

마지막으로 이 책은 흥미로 읽거나 이해하기 위한 책이 아니라 **느끼고 실천하기 위한 책**이라는 점을 강조하고 싶다.

1999년 10월

이 수 원

남여성 산뜻하게 벗겨보기

남녀는 무엇이 그렇게 다른가

남녀는 서로 다른 세계에 산다 / 13

여성이 모르는 남성 심리 / 18

남성이 모르는 여성 심리 / 21

삶의 방식이 다른 남과 여 / 25

대화 방식도 다른 남과 여 / 34

남녀는 애정에 차이가 있다 / 41

남자는 성 테크닉을 중요시한다 / 44

여자는 성보다 로맨스를 중요시한다 / 54

남녀의 성적 매력은 다르다

너무나 큰 매력의 영향력 (?) / 61

매력은 여자의 힘이다 / 67

자연스럽게 매력을 계발하라 / 71

마음의 화장을 하라 / 75

능력이 남자의 매력이다 / 78

성은 삶의 근본이다 / 85

성은 억압되어서는 안 된다 / 88

성은 사랑으로 꽃피워져야 한다 / 91

낭만적인 부부 생활을 하라 / 94

부부가 좋아하는 성은 다르다 / 99

섹스에 관해 대화하라 / 104

에로티시즘의 6가지 센스 / 106

남자가 포르노를 보는 이유 / 114

여자는 노출하고 남자는 엿본다 / 118

동물도 매춘을 한다 / 122

자위와 성적 공상은 자연스런 일이다 / 127

섹스는 명상이 될 수 있다 / 132

성이란 무엇인가

CONTENTS

사랑은 왜 필요한가 / 141

사랑은 느낌만은 아니다 / 146

질투는 사랑을 질식시킨다 / 148

사랑은 운명적 사건이 아니다 / 151

사랑하면 상처 입게 마련이다 / 154

사랑은 독립이다 / 156

사랑은 자기 희생이 아니다 / 158

우정은 재산이다 / 160

자기애와 이기애를 구별하라 / 165

사랑이란 무엇인가

CONTENTS

멋지게 프로포즈하라 / 171

남자가 데이트할 때 유의점 / 175

여자가 데이트할 때 유의점 / 185

실연을 극복하라 / 190

배우자 선택시 이 점을 유의하라 / 192

노력 없는 결혼의 행복은 없다 / 195

남자는 준비된 바람둥이다 / 203

불륜에 이렇게 대처하라 / 208

연애를 멋지게,
결혼을 행복하게
하는 법

보다 넓고 깊은
사랑을 위하여

사랑은 능력이다 / 215

부모 사랑은 왜 중요한가 / 219

감수성을 계발하라 / 222

긍정적으로 주시하라 / 227

끊임없이 대화하라 / 230

감정을 표현하라 / 234

접촉, 포옹하라 / 238

함께 식사하고 노는 시간을 늘려라 / 243

참고문헌

남 · 성 · 여 · 성 · 산 · 뜻 · 하 · 게

남녀는 무엇이 그렇게 다른가

벗·겨·보·기

남녀는 서로 다른 세계에 산다

'남자와 여자는 함께 살면서 서로 괴롭히는 데 천재적'이라는 말이 있다. 한편 힌두교의 창조설에는 다음과 같은 이야기도 있다.

신이 여자를 만들 때 꽃의 아름다움, 새의 지저귐 소리, 무지개의 빛, 훈풍의 보드라움, 물결의 미소, 양의 온순함, 여우의 교활성, 구름의 흐름, 소나기의 변덕 이런 것들을 추려서 몸에 불어넣은 다음 아내로서 남성에게 맡겼다.

이런 아내를 얻은 힌두교의 아담은 행복했다. 두 사람은 아름다운 지상을 즐겁게 뛰놀며 돌아다녔다. 그런데 얼마 후 아담이 신을 찾아가서 말했다.

"이 여자를 다른 곳으로 보내주세요. 도저히 같이 살 수가 없습니다."

신은 그의 요청대로 이브를 그에게서 갈라서게 했다. 그랬더니 아담은 외로워 견딜 수가 없었다. 며칠 후 아담은 다시 신에게 와서 말했다.

"그 여자를 되돌려 주십시오. 그녀 없이는 도저히 혼자 살 수가 없습니다."

신은 그의 소원에 따라 이브를 되돌려 주었다. 그러자 며칠이 지난 다음 아담은 또다시 신 앞에 나타나 통사정을 했다.

"제발 당신이 만든 그 여인을 데려가 주십시오. 이제 맹세하겠습니다. 그녀와는 도저히 함께 살 수가 없습니다."

신은 무한한 아량으로 그의 소원을 들어주었다. 그러나 얼마 후 아담이 네 번째로 신에게 와서 여자 없이 못 살겠다고 애걸하자, 신은 아담에게 몇 가지 서약을 시켰다.

"다시는 마음이 변하지 않을 것, 좋건 싫건 그 여자와 운명을 함께할 것, 또 어떤 방법을 써서라도 이 지상에서 함께 살아갈 것."

남자와 여자는 왜 조화 이루기가 그렇게 어려운가?

이것은 남녀가 서로 다른 세계에 살고 있음을 보여 주는 이야기이다. 남자에게는 남자의 세계가 있고, 여자에게는 여자의 세계가 있다. 서로 다른 세계에서 온 남녀가 만나면 쉽게 어울리기 힘들다.

그렇다면 무엇이 다른가?

생각하고 느끼고 반응하는 것이 다르다. 또한 말하는 방식도 다르다. 서로 필요로 하는 것과 사랑하는 방식도 다르다. 그리고 삶의 방식도 다르다.

결혼한 부부가 같은 집 한 이불 속에서 살면서도 서로 다른 생각과 욕구를 가지고 '남자의 세계'와 '여자의 세계'에서 따로 사는 것이다.

이러한 차이를 제대로 이해하지 못하기 때문에 남자와 여자는 서로 수많은 갈등을 빚으면서 살아가고 있는 것이다.

이혼의 위기를 극복한 한 남성은 "남녀 차이에 대한 정확한 이해가 저를 아내에게로 돌아가게끔 했습니다."라고 말하고 있다.

남녀 차이를 정확히 이해할 필요가 있다. 그러면 남녀 사이의 분노나 불신의 벽이 녹아 내릴 것이며, 긴장과 원망도 줄어들 것이다. 그러면 상대방을 억지로 변화시키려고도 하지 않을 것이다.

사실 남자와 여자가 있기 때문에 인간의 삶은 보다 다양하고 즐겁고 또한 괴롭고 한 것이 아니겠는가. 따라서 서로에 관해서 더 많이 알고 이해하고 배려해 줄 때 남녀의 만남은 축복이 될 수 있고 기쁨이 될 수 있다.

서로 모르고 있을 때 신비감이 더 클 것이라고 이야기할 수도 있다. 그러나 무지로 인해 생기는 고통이 더 큰 것이다. 남성이 남성의 관점에서 여성을 보고, 여성이 여성의 관점에서 남성을 볼 때 둘 사이는 조화로울 수 없다. 상대방의 입장에서 이해하려는 노력이 곧 조화의 출발이다. 그렇게 될 때 둘 사이에는 행복과 기쁨과 안정이 생긴다.

남성이 여성을 행복하게 해주려고 노력할 때 그는 행복하게 될 깃이며, 여성이 남성을 행복하게 해주려고 노력할 때 그녀 또한 행복하게 된다. 자기만의 이기적인 행복을 서로가 추구한다면 결과적으로 둘 다 불행해질 수밖에 없다. 서로 주려고 하면 둘 다 받지만, 서로 받으려고 할수록 둘 다 아무엇도 받지 못한다는 사실을 명심해야 한다.

남녀의 만남은 예술작품과 같다

남녀가 만난다는 것은 둘이서 함께 공동의 작품을 만든다는 것이다. 지금까지 혼자만의 인생 항해에서 그들은 같은 배를 타는 것이다. 지금까지 항해한 방식을 서로 고집한다면 그 항해는 순조로울 수 없다. 각자의 단점을 감싸주고 장점을 격려해 주면서 서로 협동하며 항해해야 한다. 그러면 항해중 태풍을 만나더라도 두 사람이 협동하여 위기를 극복할 수 있을 것이다. 그렇지 못하면 조그마한 파도에도 배는 기울어지고 항해는 순조롭지 못할 수 있다.

항해의 주도권을 갖고 다투지 말라. 중요한 것은 항해중에 인생을 즐기는 것이지 누가 선장이 되는 것이 아니다.

지금까지의 남녀의 항해에서 주도권은 대개 남성이 차지해왔다. 그러나 새로운 세기에는 누가 주도권을 가지는가가 중요하지 않다. 남성 위주의 관점에서 탈피하여 공동의 관점을 개발해야 한다. 현대사회의 제문제는 남성의 관점, 즉 정복·이성·논리 등에 의해 발생되어 왔다. 이제 여성의 관점인 애정·사랑·치유·조화 등이 보충되어야 현대 문명의 위기를 극복할 수 있다. 생명을 탄생시키는 여성의 관점은 오늘날 더욱 절실히 필요해진 것이다. 전쟁, 살인, 폭력, 부정부패 등의 요소는 남성적 관점의 산물이요 대개가 남성들이 저질러온 결과들이다.

여성들도 여성 고유의 관점을 찾도록 해야 한다. 여성이 제대로 해방되어야 남성도 진정으로 해방될 수 있다. 그리하여 지배하고 복종하는 관계가 아닌 똑같은 인격체로서 서로가 존중하고 배려하면서 새로운 세기를 맞이하자.

여성이 모르는 남성 심리

남자들은 왜 과시를 잘하고 아는 체를 할까?

　남자의 세계는 승부의 세계요 힘과 능력의 세계이다. 그리하여 우선 상대의 기선을 제압하기 위해 자신을 과장하는 경향이 있다. 그리고 남자는 사회적으로 능력을 인정받을 때 기쁨과 희열을 느낀다. 그래서 허풍을 떠는 경우도 많은데, 허풍을 떨고 있는 순간에는 공상과 현실의 영역 구분이 모호해져 자기 스스로도 허풍이 진짜처럼 느껴지기도 한다.

　이러한 남성의 과시욕은 종종 열등감의 반동작용일 경우가 많다. '약한 개일수록 잘 짖어댄다'는 말이 있듯이 진짜 실력자는 떠벌리지 않는다. 남성들은 특히 여자 앞에서는 한 가지를 알고 있으면 열 가지를 알고 있는 것처럼 행세하는 경향이 있다. 남자란 여자로부터 '당신은 식견이 높은 분이에요'라는 말을 듣고 싶어한다. 이것은 여자가 남자에게 매력적으로 보이고 싶어하는 것과 같은 이유이다.

왜 남자는 도박성이 강한가

남자들은 무엇에든 도전해 보고 싶은 심리를 가졌다. 수렵시대에 들판을 뛰어다니던 기질이 아직 남아 있다. 그런데 성실하게 노력하여 도달하기에는 목표가 너무나 멀고 험하다. 이것을 일시에 해결해 줄 요행수를 바라는 것이다. 또한 낙천적인 기질도 강하여 우연한 행운을 믿는 경향이 있다. 여기에는 자신의 행운을 시험해보고 싶은 심리도 한몫 한다. 또한 무엇에다 내기를 걸었을 때 생기는 이름 모를 흥분을 즐기는 것이다. 그러나 자기의 일을 제대로 찾고 이에 충실한 남자는 노름이나 도박에 열중하지 않는다.

남자는 왜 한턱 내기를 좋아하는가

남자들은 누구든 인색하다고 찍히는 것을 치욕으로 생각한다. 돈에 쩨쩨한 것은 남자답지 못한 것이다. 능력 있고 힘 있는 남자의 모습은 아닌 것이다. 그래서 한턱 낼 때의 그 형용할 수 없는 우월감과 쾌감을 즐기는 것이다. 한턱 내는 순간은 그 무리의 우두머리가 되는 것이다. 그리고 이러한 심리는 평소 여유 없는 생활을 하다가 때로는 분에 넘치는 짓을 해보고 싶은 심리를 반영한다. 그러나 돈 많은 사람은 함부로 한턱 내지 않는다.

왜 남자는 놀이에 열중하는가

여자들이 꾸미는 데 열중한다면, 남자들은 노는 데 열중한다. 여자들은 돈만 있으면 백화점 지하층에서 꼭대기까지 오르내리며 액세서리, 화장품, 옷 등을 구경하면서 쇼핑을 하지만 남자들은 절대 그렇지 않다. 그 대신 남자들은 놀이에 투자한다.

남자들은 끊임없이 생활의 변화를 추구한다. 그래서 '무엇인가 화끈하게 재미있는 일이 없을까'를 끊임없이 찾는 것이다. 그래서 수없이 새로운 놀이를 개발한다. 그것은 남자들이 어떤 일에나 빨리 뜨거워지고 식는 습성이 있기 때문이다. 그래서 늘 새로운 것, 진기한 것을 추구한다.

그래서 남자들은 '놀이도 하지 못하는 녀석은 멋이 없고 융통성이 없어서 말이 통하지 않는다'라고 생각하는 경향이 있다.

남자는 왜 화장실에서 신문을 읽는가

남자들은 고독을 즐긴다. 남자들은 가끔 혼자 있어야 한다. 그래서 남자들은 그 누구로부터도 방해를 받지 않고 홀로 있는 시간을 갖고 싶어하는 것이다. 화장실은 나 홀로 있는 방인 셈이다. 그러나 여성이 화장실에 신문을 들고 가서 읽는 경우는 극히 드물다.

남성이 모르는 여성 심리

여자는 왜 눈물을 잘 흘리는가

여자들은 참 많이, 그리고 자주 운다. 조금 슬픈 드라마를 봐도 울고, 책을 볼 때도 운다. 기쁠 때도 울고 슬플 때도 운다. 특히 사랑하는 남자가 군 입대를 할 때는 엄청 운다. 그러나 여자의 눈물만큼 빨리 마르는 것도 없다고 한다.

여성들이 눈물을 자주 흘리는 이유는 '쾌감'과 관련이 있다고 한다. 가슴이 후련하고 시원한 느낌을 갖게 된다는 것이다. 일종의 카타르시스인 셈이다.

그리고 남자 앞에서 눈물을 흘리는 경우는, 눈물을 보이면 상대방이 더 이상 공격적이지 않을 것이라고 무의식적으로 감지하기 때문이라고 한다. 소크라테스는 말한다.

여자의 눈물을 보고 이를 믿지 말라. 왜냐하면 마음대로 되지 않을 때, 우는 것이 여자의 천성이기 때문이다.

여자는 왜 **전화**를 오랫동안 하는가

남자는 사실 위주의 틀에 박힌 통화를 한다. 용건만 말하면 끝낸다. 그러나 여자는 서로 마음이 통할 때까지 해야 한다. 또한 여성은 상황 몰입적이다. 전화를 걸 때에는 그 상황, 그 기분에 신속하게 젖어든다. 그래서 여성은 마치 자신의 눈앞에 상대편이 있는 것처럼 이야기할 수 있다. 그러므로 별로 중요하지 않은 자질구레한 사건들을 수도 없이 떠들어댄다.

또한 여성들은 이야기를 간단명료하게 하는 기술이 부족하다. 그래서 장황하게 이야기하다가 정작 자신이 하고자 하는 말은 잊어버리고 끝내는 경우도 있다. 여성의 이야기는 쉼표만 있고 마침표가 없는 문장이라고 할 수 있다.

왜 여자는 **무드**에 약한가

여성은 주어진 상황을 논리적으로 분석하기보다는 느낌으로 받아들인다. 전화 걸 때처럼 상황 몰입적이다. 물 컵 속의 장미 한 송이를 보고도 쉽게 몰입할 수 있다. 그래서 말, 표정, 몸짓, 소리, 색깔 등의 자극을 섬세하게 받아들이며 반응한다. 그러므로 눈에 비쳐지는 것, 귀에 들리는 것, 피부에 접촉되는 것 등의 모든 것이 융합되어 분위기가 조성되면 도취된 기분에 사로잡히는 것이다.

여성잡지에 1억 원짜리 아담한 주택 사진이 실렸다고 하자. 이 경우 남자는 다음과 같이 생각한다.

"뭐라고? 1억 원이면 아담한 스위트홈을 가질 수 있다고! 그만한 목돈이 있다면 내가 왜 이 고생을 하고 있겠는가?"

하지만 여자는 다르다.

"아, 멋있어. 이런 집이 필요해!"

여자는 사진을 보고 있는 동안 점점 공상의 세계로 날개를 펴기 시작한다. 그녀의 머릿속에는 그 꿈이 실현되었을 때의 광경이 떠오르는 것이다. 가구를 어떻게 배치하면 좋을까, 커튼은 어떤 색깔로 고를까 식으로 끊임없는 공상의 세계를 펼쳐나가는 것이다.

또한 여성은 가능하면 자신이 소설이나 드라마의 주인공이 되었으면 하는 바람을 갖고 있다. 그래서 감미로운 음악이 흘러나오는 레스토랑, 화려한 호텔의 칵테일 바, 파도치는 해변가 등의 장소에 가면 쉽게 무드에 빠진다. 그 순간 드라마의 주인공이 되는 것이다.

왜 여자는 키가 작은 남자를 싫어하는가

두 사람이 함께 길을 걸어갈 때 꼴불견이라는 생각을 갖고 있기 때문이다. 여성은 배우자 선택시 두 가지를 고려한다. 하나는 자신의 마음에 드는 것이며, 또 하나는 주위 사람들에게 잘 보여야 한다는 것이다. 남편이 자기보다 키가 작으면 남의 웃음거리가 되지 않을까 염려하는 것이다. 남자는 자신이 키가 작을 경우 자식을 위해 키 큰 여자를 고른다. 그러나 여자는 타인의 눈에 비치는 부부의 모습에 신경을 쓰는 것이다.

또한 여자들은 자기가 의지할 수 있는 믿음직한 남편을 원하고 있다. 그래서 키가 자기보다 작은 남자는 어쩐지 믿음직스럽지 못하다는 느낌을 갖는 것이다.

삶의 방식이 다른 남과 여

프랑스 유머에 다음과 같은 이야기가 있다.

어린 여자아이에게 초콜릿을 두 개 내어놓고 질문을 했다.

"종이 포장을 벗기면 초콜릿 인형이 있단다. 이쪽 것은 사내아이고 저쪽 것은 여자아이란다. 넌 어느 쪽을 갖겠니?"

그 아이는 잠시 생각하다가,

"저는 사내아이 쪽이 좋아요."

"왜 그렇지?"

"저… 초콜릿이 그것만큼 더 붙어 있지 않겠어요?"

남자와 여자가 다르다는 것은 누구나 어릴 때부터 알고 있다. 그러나 성인이 되어도 그 이상은 잘 모른다.

예를 들어, 남자들이 '외출하겠다'고 말할 때는 지금 실내에서 떠나겠다는 것을 의미한다. 그리고 즉각 나간다. 그러나 여자들이 '외출하겠다'고 말하는 것은 '외출 준비'를 지금부터 하겠다는 뜻이다. 그때부터 그녀들은 화장을 하고 몸단장을 시작하며 몇 통의 전화와 집안 점검을 끝낸 후, 외출에 대비한 만반의 준비가 되었다고 스스로 인정해야 비로소 집을 나가는 것이다. 기다리는 남편은 그 동안 열 받을 것이다.

여자들은 쇼핑을 좋아한다. 그녀들은 별로 살 것이 없어도 한번 나가면 몇 시간 동안 계속 돌아다니며 그것을 전혀 지겨워하지 않는다. 그러나 남자들은 피곤하기만 할 뿐이다. 백화점 따라다닐 때의 남자의 스트레스는 전투기 조종사가 적 비행기를 만났을 때의 스트레스와 비슷하다고 한다. 따라서 그들은 살 것이 없으면 절대로 백화점에 가지 않는다. 단 물건이 마음에 들면 남자들은 곧바로 사버린다. 그러나 여자들은 최소한 열 군데 이상 돌아다닌 뒤 하나의 물건을 사는 것이다.

이와 같은 차이의 근본원인은 무엇인가? 우선 남녀는 인생의 방식, 삶의 의미와 해석이 다르다.

남자가 '지위 관계'를 중요시하는 반면, 여자는 '대등 관계'를 중요시한다

남자는 계급서열을 추구하며 여자는 평등을 추구한다. 남자의 세계는 경쟁의 세계요 투쟁의 세계이며, 거기에서 높은 지위에 오르려고 노력한다. 이에 반해 여자의 세계는 화합과 애정의 세계이며, 여기서 평등하게 사귀려고 노력한다. 이러한 경향은 어릴 적부터 시작된다.

인류학자 다니엘 몰츠와 루스 보커는 소년 소녀의 놀이에 대한 연구결과를 다음과 같이 말하고 있다.

남자아이들은 바깥에서 떼를 지어 놀기 좋아한다. 여기에서 자연스레 계급 관계가 형성되며 지도자 역할을 하는 어린이가 생기게 마련이다. 지도자는 단체의 결속을 다질 수 있는 아이가 맡으며 다른 아이에게 명령을 내린다. 지도자는 리더십이 있고 유머감각이 풍부한 어린이가 되기 쉽다. 그리고 더 강자가 나오면 지도자가 바뀐다. 아이들은 서로 자신이 가진 기술을 자랑하며 내기를 하기도 한다.

이런 소년들은 아주 어릴 때부터 자기의 우수함을 과시함으로써 무엇이든지 얻을 수 있다는 확신을 터득한다. 소년과 남자들은 중심의 입장에 서길 원하고, 또 지식이 풍부하다는 사실을 높이 사기 때문에 끊임없이 정보를 수집하려 들고 기회 있을 때마다 정보를 과시하고 전달하려 한다. 또한 소년들은 원래 경쟁적인 요소가 없는 놀이를 할 때도 일부러 경쟁을 유발하기 위해 팀을 가르기도 한다.

이에 반해 여자아이들은 둘이서 놀거나 작은 그룹을 만들어 끼리끼리만 어울린다. 그리고 소녀들의 세계에서 중요한 것은 힘의 서열이 아니라 서로 가장 좋은 친구가 되는 것이다. 친구들 사이에도 얼마나 더 친밀한가가 제일 중요하다. 소녀들은 조직화된 스포츠나 게임에는 별로 흥미를 느끼지 못한다. 이들은 고무줄 놀이처럼 전체가 한 팀이 되어서 노는 활동을 더 좋아한다. 대부분의 놀이와 게임에는 승자와 패자가 없다. 지식이 많거나 기술이나 기교가 뛰어난 아이도 그것을 자랑하려 들지 않고 숨기는 경향이 있다. 왜냐하면 소녀들이 소년처럼 굴다가는 친구로부터 따돌림을 받기 때문이다. 다른 동료들보다 두드러지게 보인다는 것은 '모두가 평등해야 한다'는 소녀들의 윤리원칙에 위배되는 것이다. 이들의 생각은 사람들은 대등해지려고 노력하고 또 차별이 없어야 한다는 것이다.

그래서 소녀들은 남보다 두드러지는 '성공'을 거두면 다른 사람으로부터 외면당할 수 있다는 두려움을 가진다고 한다. 사회적 성공이란 여성이 여성스러움으로부터 멀어지는 거라는 우려를 갖기도 한다.

그러므로 여자들은 중심인물이 되려고 하지 않는 경향을 가진다. 여자들이 정면 대결하는 경우도 흔치 않으며, 서로에게 명령하는 일도 거의 없다. 이렇게 자기를 과시하거나 허풍을 떨지 말아야 한다는 인식을 여자가 갖게 되는 배경에는 어릴 때 동료들로부터 받아온 압력 외에도 가정 등에서 무의식적으로 받은 훈련도 크게 차지한다.

물론 여자들도 경쟁을 한다. 그 주된 경쟁은 매력을 위한 경쟁인 것이다. 그러나 매력의 추구와 경쟁은 남자들의 경우처럼 다른 사람을 짓밟고 올라서는 배타적인 경쟁이 아니다. 사회생활에서의 경쟁도 정상에 서기 위한 경쟁이라기보다는 공동체에서 탈락하지 않기 위한 경쟁이 대부분이다.

그리고 여성은 사회에서의 경쟁보다는 가정의 행복을 더 중요시한다. 직장여성의 경우 아이가 학교에서 말썽부리는 것이 직장에서 생기는 문제보다 더 큰 마음의 부담이 된다.

그리고 경쟁에서 여자가 정상에 섰을 경우에도, 남자가 정상에서 아래를 내려다보고 회심의 미소를 짓는 식으로 쾌감을 느끼지는 않는다. 어쩌면 여성들은 그것도 일종의 매력으로 보이기를 원하는지도 모른다.

만일 남자들이 삶을 경쟁으로, 즉 자연이나 타인에 맞서서 싸워야 하는

투쟁으로 본다면, 여자들은 공동체를 바로 힘의 원천으로 생각하며, 삶을
공동체에서 탈락하지 않으려는 투쟁으로 인식한다.

남녀의 정서적 욕구는 다르다

남녀의 정서적 욕구는 다르다. 그런데 우리는 상대방이 자기와 똑같은
욕구를 갖고 있다고 착각한다. 그 결과 남녀 모두 상대로부터 만족을 얻지
못하고 원망하는 것이다.

무엇이 다른가?

남자는 '능력 인정'을 원하고 여자는 상대방의 '배려, 사랑'을 원한다.
남자는 '신뢰받기'를 원하고 여자는 '관심'을 원한다. 남자들이 '당신은 나
를 존경합니까?'에 치중한다면, 여자들은 '당신은 나를 좋아합니까?'에 치
중한다.

남자가 받고자 하는 욕구는 '능력'과 관련한 신뢰, 인정, 감사, 찬성, 격
려인데 반하여 여자가 받고자 하는 욕구는 '인간 관계'와 관련한 관심, 이
해, 존중, 헌신, 공감 등이다.

여성이 유의할 것을 살펴보자.

남자는 여자로부터 '당신 능력 있어요'라는 말을 듣고 싶어한다. 그런데
여자가 남자를 보살펴주고 챙겨준다고 이것저것 간섭하고 그에 대해 염려
하는 마음을 자주 표현하면 남자를 짜증스럽게 만들 수 있다. 그러면 남자
는 여자로부터 조종당하고 있다고 느끼고 거기에서 벗어나고 싶어한다. 여

자가 이렇게 하는 것은 만일 누군가가 자기에게 그런 염려를 해주고 보살 펴 준다면 정말 고맙게 생각하기 때문이다.

그러나 남자가 필요로 하는 것은 '신뢰'이지 '보살핌'이 아니다. 남자의 기운을 북돋워주는 비결은 그를 변화시키거나 개선하려고 절대 노력하지 않고 그에게 절대적인 신뢰를 주고 격려하는 것이다.

예를 들어보자.

남자가 차를 몰고 어떤 장소를 찾아가다가 헤맬 경우 다른 사람에게 거 의 묻지 않는다. 그럴 때 여자가 '내려서 다른 사람에게 길을 물어봐요'라 고 하는 말은 남자에게 모욕으로 들린다. '길을 찾는 자기 능력'에 대한 불 신으로 느껴지는 것이다.

남자는 사랑하는 여자로부터 '어려운 문제를 자신이 능히 해결할 수 있 다'는 신뢰를 받고 싶어한다. 격려와 칭찬은 남자에게 에너지를 공급하지 만, 잔소리는 에너지를 빼앗는 것이다. 특히 아내가 다음과 같은 말을 하면 남편의 기는 완전히 죽고 에너지는 고갈된다.

'돈도 못 버는 주제에'

'승진시험? 그 머리로'

'우리 친정에서 도와주지 않았으면 지금쯤 거리로 나앉았을 거야'

여자는 남자를 격려할 필요가 있다. 남자가 해주는 사소한 일들까지도 미소 띠며 고맙다고 말할 필요가 있다. 그러면 시키지 않아도 무엇이든지 다 한다.

이번엔 남자가 유의할 것을 살펴보자.

남자가 여자의 근본적인 '사랑의 욕구'를 충족시킬 수 있는 최고의 방법은 '같이 느끼는 것', 즉 '공감'이다. 여자들은 남들과 관계를 맺고 '자기의 느낌을 함께 나누는 일'을 통해 행복을 느낀다. 여자에게는 개인적인 감정을 서로 나누는 것이 어떤 목표를 달성하고 성공하는 것 못지 않게 중요하다. 어쩌면 더 중요할 수도 있다. 함께 이야기를 나누고 함께 느끼는 데서 그들은 엄청난 만족감을 얻는다.

여자가 상심했을 때, 남자들은 그녀의 문제가 별것이 아니라고 위로한다.

"걱정하지 마. 별일 아니야. 염려할 필요가 없어."

이 말을 남자들은 위로의 말이라고 생각하지만 여자들은 그가 그녀를 무시하고 사랑하지 않는다고 해석하는 것이다.

남녀는 자기가 받고 싶은 사랑의 유형을 상대에게 베푼다. 그러나 더 많은 것을 주기보다는 상대가 꼭 필요로 하는 것을 주는 것이 훨씬 효율적이다. 당신이 사랑하는 사람을 만족시키고 싶다면 그 사람이 필요로 하는 사랑을 주는 방법을 터득해야 한다.

남자들은 인정받을 때 에너지가 넘치지만, 여자들은 누군가가 자기를 사랑하고 있다고 느낄 때, 관심이 주어질 때 에너지가 넘친다.

어느 고령의 할머니가 눈물을 글썽이며 말했다.

"누가 나에게 무슨 옷을 입었냐고 물어본 게 실로 몇십 년 만인지 아니?"

여성들은 아무리 나이가 들어도 남의 관심을 필요로 하며, '아름답다'는 말과 '사랑한다'는 말을 듣고 싶어하는 것이다.

남녀가 **열 받았을 때는…**

살면서 문제나 스트레스가 생겼을 때, 남자와 여자는 해결하는 방식이 다르다.

남자는 어디론가 사라져 자기를 괴롭히는 문제에 대해 조용히 생각하는 경향이 있다. 자기 마음의 동굴 속으로 들어가 문제를 해결하기 위해 정신을 집중한다. 그 동안에는 여성에 대한 배려도 없고, 밖에 나가 술을 마시기도 한다.

남자의 기분이 아주 우울하고 초조할 때에는 그를 자극하는 말과 행동을 삼가고, 충분히 혼자 생각할 시간과 공간을 주는 것이 좋다. 자꾸 상대방에게 무슨 일 때문인가 물어보지 마라. 그가 정말로 말하고 싶다면 스스로 이야기했을 것이다. 남자가 상심해 있을 때 조용히 혼자 있는 시간이 필요하다는 것을 여자들은 명심해야 한다.

이에 반해 여자는 자신의 문제에 대해 그 누구에게 이야기하고 싶은 본능이 있다. 남자들은 문제를 해결해야 그 긴장이 해소되고 성취감을 맛보지만, 여자들은 자신의 문제를 터놓고 이야기하고 나면 만족감을 느끼는 것이다.

그러므로 여자가 자기 문제를 이야기해 올 때는 우선은 가까워지고 이해받고 싶기 때문이지, 반드시 해결책을 원해서가 아니라는 것을 남자들은 알아야 한다. 그냥 들어주기만 해도 충분한 것이다.

예를 들어, 아내가 슈퍼에서 여직원의 불친절에 화가 잔뜩 나서 말한다.

"내 그놈의 상점 두 번 다시 가나 봐라!"

그녀의 온몸에서 분노가 치솟아 오르는 듯하다. 그때 남편이 위안한답시고 부드럽게 "여보 너무 그렇게 흥분하지 말아, 점원들이 박봉에다 힘든 격무에 시달리다 보면 그럴 수도 있겠지."라고 말한다. 그러나 아내는 더 열 받을 것이다. 아내는 합리적 분석을 원하는 것이 아니라 '감정의 공유'를 원하는 것이다.

여자는 문제들에 대한 해결책을 찾는 데 관심을 두기보다는 우선은 자신의 감정을 표현하고 이해받음으로써 위안을 얻고자 한다는 것을 남자는 명심해야 한다.

대화 방식도 다른 남과 여

남녀가 같은 말을 두고도 달리 해석하고, 대화 과정에서 종종 오해가 생기는 근원은 무엇인가?

남자와 여자는 어릴 적부터 서로 다른 세계에서 언어를 사용하는 방법을 배워왔다. 그래서 각자의 방법으로 상대방의 대화를 해석하는 경향이 강하다. 여기서 오해와 갈등이 생기는 것이다.

우리가 남녀 대화 스타일의 차이를 이해한다고 해서 모든 갈등을 전부 해결할 수는 없지만 미리 예방하고 줄일 수는 있다.

남자는 결론을 얻을 때까지 말을 하지 않고, 여자는 결론을 얻을 때까지 말을 한다

남자는 생각하고 난 뒤 말하고, 여자는 말하면서 생각한다.

여자들은 흥미를 갖고 들어 주는 사람에게는 생각을 있는 그대로 드러내어 말한다. 여자가 이야기할 때 진지하게 들어 주는 것이 얼마나 중요한지를 남자들은 모른다. 여자는 말을 하면서 자기가 하는 말을 찾아내는 경우가 있다.

이에 반해서 남자들은 머리를 굴린다. 말을 하거나 반응을 보이기 전에 자기의 경험을 생각하고 조용히 궁리한다. 이 과정은 몇 분이 될 수도 있고 몇 시간이 걸리기도 한다. 또는 어떤 말을 해야 할지 생각이 나지 않을 때에는 아예 아무런 반응이 없을 수도 있다.

순간 순간 감정이나 의견이 떠오르는 대로 표현하는 데 익숙한 여자 입장에서는 말을 하지 않는 것은 바로 아무 생각도 없다는 것이다. 그러나 말하지 않더라도 그 순간 남자는 머리를 굴리고 있다.

또한 여자들이 말을 안 할 때에는 상대를 불신하는 경우일 때가 많다. 남자도 그럴 경우라고 여기는 것은 잘못된 것이다.

여자들이 일생을 통해 솔직하게 자신의 감정을 표현하는 방법을 익혀왔다면 남자들은 가능하면 그러한 감정들을 억제하는 연습을 해왔다. 그것이 '감정 표현에 익숙한' 여자들과 '지나치게 과묵한' 남자들의 대화 스타일이다.

남자는 정보, 여자는 공감을 얻으려고 대화한다

대화에서 무엇이 중요한가?

남자는 '정보'를 얻기 위한 대화를 하고 여자는 '공감'을 얻기 위한 대화를 한다. 남자는 '문제 해결'을 위해서 말을 하고, 여자는 '마음을 후련하게 하기' 위해서 말을 한다.

남자들은 아침에 신문 읽는 것이 여자들이 아침에 화장하는 것만큼이나 중요하다고 주장한다. 그것은 대화를 위한 정보 수집이기 때문이다.

남자는 문제가 발생하지 않는 한 별로 말을 안 한다. 보통 남자들은 절친한 친구지간에서도 용건이 없으면 오랫동안 대화를 나누지 않는 경우가 많다. 며칠씩 전화를 안 하는 것은 예사고, 몇 달씩 서로 소식을 묻지 않고도 지낸다.

반면에 여자들은 친한 친구들과 끊임없이 접촉하고 아주 사소한 문제까지도 서로 의논한다. 또한 여자들은 별 문제가 없어도 쉬지 않고 말할 수 있다. 특히 여자끼리만 있을 경우는 재잘거리는 것을 목적으로 하는, 대화를 위한 대화가 상대적으로 많다. 그래서 여자들은 만나서 몇 시간 동안 같이 이야기하고 헤어져 집에 돌아와서도 또다시 몇 시간 계속 통화할 수 있는 것이다. 이것은 여자에게 있어선 대화가 서로의 관계를 끈끈하게 맺어 주는 접착제 역할을 하기 때문이다.

보통 여자들이 고민을 이야기하면 남자들은 혼란에 빠진다. 남자는 여자가 무언가 도움을 청하고 있다고 생각하는 것이다. 그러나 여자들에게 있어서 고민이나 고통을 호소하는 행위는 조언을 구하는 것이 아니라 대화를 유지하기 위한 방편으로 통한다.

여자들은 누구나 친구들로부터 고통을 들으면 그에 어울리는 자기의 고통을 털어놓아야 한다고 거의 의무적으로 생각한다. 왜냐하면 여자는 서로의 공감을 원하기 때문이다.

유방의 혹 제거 수술 후 고민하는 아내에게 남편이 다음과 같이 말했다.

"뭘 그런 걸 고민하고 그래? 성형수술을 해서라도 흉터를 지우면 되잖아? 그러면 당신은 옛날과 같은 모습을 되찾을 수 있을 거야."

아내는 자신의 처지를 동정해 주기를 바라고 있었지만, 남편은 위로해 주지 않고 오히려 충고했다. 남편은 문제에 대한 '해결사'를 자처한 것이다. 아내가 원하는 것은 '해결'이 아니라 '감정의 공유'이다. 하지만 대부분의 남자들은 자신들을 문제 해결사로 생각하기 때문에 불평이나 고통은 곧바로 해결하고 넘어가야 할 도전으로 받아들인다.

여자들이 도움을 청할 때 남자들이 화를 내는 경우가 있다. 이때 여자들은 자기 자신에게 뭔가 잘못이 있다고 생각한다. 그러나 이 경우 남자는 여자 때문이 아니라 문제를 해결할 수 없는 자신의 무능력에 화를 내는 것이다. 무능력한 자신에 대한 화풀이를 여자에게 하는 셈이다.

남자들이 그렇게 화를 낼 필요는 없다. 왜냐하면 여자들이 고통을 호소하는 것 자체는 상대방으로부터 "우리 둘은 같아, 그러니까 너무 외로워할 것까지는 없어!"라는 암시를 받음으로서 상호 관계를 강화하려고 하는 것이기 때문이다. 여자가 고통을 호소했는데도 남자들이 문제될 것이 전혀 없다는 식으로 위로하거나 충고를 할 경우 여자들은 상처받게 된다.

뭔가 고통을 호소했을 때 해결책부터 제시하는 것이 남자에 대한 여자들의 불만이라면, 남자들의 불만은 여자들이 고통을 호소하면서도 그 고통을 해결하려 들지 않고 불평만 반복한다는 것이다.

남자들은 여자들의 친교에서 가장 중요한 것이 사사로운 개인생활까지 이야기하는 것이란 현실을 수긍해야 하고, 여자들도 많은 남자들이 이런 사사로운 대화를 탐탁찮게 생각한다는 사실을 늘 염두에 둘 필요가 있다.

대화하는 태도에도 차이가 있다

브루스 도벌이 초등학교 2학년부터 대학생에 이르기까지 남녀 대화를 조사한 바에 따르면 전학년에 걸쳐 여자들은 여자들끼리 비슷했고 남자들은 남자들끼리 비슷했다.

대화 스타일에서 초등학교 2학년 여학생은 2학년 남학생보다는 오히려 25세 여자와 비슷한 점이 더 많았다.

나이를 불문하고 여자들은 대화를 하면서 서로 얼굴을 마주보았다. 반면 남자들은 나이에 관계없이 비스듬히 앉고 서로의 얼굴을 빤히 쳐다보는 예는 좀처럼 발견하기 힘들었다. 심한 경우에는 아예 한 사람이 다른 사람의 등을 보고 앉기도 했다.

여자들은 시선을 주로 상대방의 얼굴에 두고 가끔 다른 곳을 바라보았다. 그러나 남자들은 주로 방의 다른 물건에 시선을 두고 가끔 생각난 듯이 상대방 얼굴을 쳐다보았다.

여자와 남자가 모이면 그 대화의 장은 남자에 의해 주도되기가 쉽다. 그래서 대화는 주로 남자의 스타일로 기운다. 그리고 여자들이 남자보다 더 많이 적응하려고 노력한다.

남자들의 경우에는 이성이 있는지 여부에 관계없이 거의 같은 자세를 취한다. 가능한 편안한 자세를 취한다. 그러나 여자들은 남자가 있는 자리에서는 거의가 움츠린 듯한 자세를 취한다. 그러나 이들도 남자가 없는 모임에서는 남자 못지 않게 편안한 자세를 취하는 것이다.

공적인 대화와 사적인 대화

어떤 부인은 말한다.

우리가 외출이라도 하면 남편은 딴 세상 사람이 됩니다. 파티에서 그와 다른 방에 있었는데 들리는 것은 남편 목소리밖에 없었습니다. 어디에 그렇게 많은 이야기가 숨어 있다가 나오는지 도무지 알 수 없어요. 그러나 집에 들어오기만 하면 남편이 말하는 경우는 거의 없습니다. 나 혼자서 떠들어대는 거죠.

왜 그런가?

공적인 자리에서 남자들은 대화를 통해서 지위를 확보하려 노력하기 때문에 서로 자신의 지식을 과장하게 마련이고 말을 많이 하게 된다. 남자들이 설명할 때 가급적 상대방이 알아듣기 어려운 단어를 즐겨 쓰는 것도, 자신이 더 많은 것을 알고 있다는 것을 즐기는 심리가 있기 때문이다. 그러나 집에 와서는 별말이 없다. 왜냐히면 아내는 경쟁 상대가 아니기 때문이다. 편안히 쉬고 싶을 뿐이다.

남자들이 공적이 자리에서의 대화에 편안함을 느끼지만, 여자들은 사적인 대화에 더 편안함을 느낀다. 일반적으로 여자는 가정에서, 그리고 비슷한 분위기, 한두 사람 정도의 사적인 모임에서 안락감을 느낀다. 반면 공적인 대화는 불편하다.

미국 라디오 방송 토크쇼에서 낙태 문제에 관한 의견을 나누었는데 거의 대부분 남자가 전화를 했다고 한다. 보통 라디오 토크쇼 청취자의 50%가 여자지만, 전화를 거는 사람의 90%가 남자라고 한다. 이것은 여자가 공적인 자리에서 자신을 노출시키는 것을 꺼리기 때문이다.

그래서 대부분의 여자들은 주위에 남자가 없으면, '무대 뒤쪽'처럼 안락감을 느낀다. 반면 남자가 있으면 '무대 위'에 올라가 있는 기분이다. 그만큼 자신들의 몸가짐이나 행동에 더 많은 주의를 기울여야 하기 때문이다.

남녀 누가 더 많이 말하는가? 공적인 대화에서는 남자가, 사적인 대화에서는 여자가 말을 많이 한다.

이런 것도 다르다

남자는 경쟁적이고 투쟁적인 대화를 즐기고, 여자들은 협동적이고 우애적인 대화를 즐긴다. 남자들은 '내가 이겼지'에 치중하는 반면, 여자들은 '내게 충분히 도움이 되었지'에 관심을 가진다.

남자들의 대화 스타일은 겉으로 드러나는 대화 그 자체에 관심을 두는데 반해, 여자들은 대화 당사자의 관계나 암시를 중요시한다. 남자는 말 그 자체를, 여자는 말의 속뜻을 중시하는 것이다.

대화의 주제에 있어서 남자들은 대부분 일에 대한 것이 많고, 사람들에 관한 것은 상대적으로 적다. 그리고 주로 정치, 경제, 음식, 스포츠, 레크리에이션 등을 이야기한다. 그러나 여자들의 경우, 사람에 대한 이야기가 단연 많다. 친구, 자녀, 직장동료 등 대상도 다양하다. 그 다음으로 일, 건강, 체중조절 등의 이야기를 많이 한다고 한다.

남녀는 애정에 차이가 있다

남성은 고무줄, 여성은 파도

남자들은 가까워졌다 멀어지고, 여자들은 좋아했다 싫어했다를 반복한다. 남자들의 경우 친밀감과 자율성에 대한 욕구는 번갈아 일어난다. 남자들은 사랑하는 여자에게 며칠 간 열정적으로 사랑을 쏟다가도 갑자기 냉정하고 차가워지곤 한다. 이렇게 너무 뜨거웠다가 갑자기 식는 남자의 태도에 상대 여성은 종잡을 수 없는 감정이 된다. 이것이 바로 남자들의 뜨겁고 차갑고를 반복하는 고무줄 사랑이다.

남자는 한 여자를 사랑하고 있는 경우에도 때로 그녀로부터 멀어지고자 하는 욕구를 느낀다. 왜 그런가?

많은 남성들의 잠재의식 속에는 한 여성에게 깊이 빠져드는 것을 두려워하거나 거부하는 요소가 있다. 그렇게 한 여성에 대해 깊이 정이 들어 버리면 자기 자신도 모르게 자제력을 잃어 주위의 다른 일들을 포기하게 될 것이라고 생각하기 때문이다. 그래서 한때의 충동으로 인해 모험과 스릴을 즐기기는 하지만, 자제력을 잃지 않고 끝까지 안정감을 유지시키려 한다.

그러므로 남자가 감정적으로 거리를 두고자 할 때는 말을 걸거나 친밀감을 보이려고 애쓰지 않는 것이 좋다. 그를 그냥 내버려 두라. 어느 정도 시간이 흐르면, 그는 자상하고 사랑이 넘치는 사람이 되어 언제 그랬냐는 얼굴로 돌아온다.

남자는 고무줄과 같은 것이다. 멀리 떨어져 있더라도 어느 시점에 이르면 더욱 강력하게 되돌아오는 것이다. 이것을 모르고 남자를 끝까지 쫓아다니거나 가혹하게 대하면 고무줄이 끊어져 영원히 떨어져 나가는 것이다. 또한 남자를 계속 졸졸 따라다닌다면 그의 마음속에 그녀에 대한 그리움과 갈망의 싹을 틔울 수 없는 것이다.

남자가 고무줄처럼 여자와의 관계에 있어서 멀어졌다 가까워졌다 하는 반면에, 여자들은 파도처럼 사랑의 오르내림을 반복하면서 기복이 심한 감정을 나타낸다.

여자의 감정이 가라앉아 있을 때에는 남자가 사랑을 베풀고 배려해 주더라도 즉시 문제가 해결되지는 않는다. 끈기 있게 기다려야 한다. 기분이 상해 있는 여자에게 그런 마음을 가져서는 안 된다고 해봐야 소용이 없다. 남자는 자유로울 권리를 주장하는 반면, 여자는 기분 상할 권리를 주장한다.

여자의 파도가 **솟구칠 때**와 **꺼질** 때

부유한 여자가 마음의 혼란을 더 많이 느낀다. 가난할 때는 살기 바빠 여자는 자기 욕구를 돌볼 여유가 없다.

남자들은 대부분 성공하고 출세하여 더 많은 돈을 집에 갖다 주면 더 사랑받을 자격이 있다고 믿는다. 경제적으로 어려울 때에는 이것이 효과가 있다. 그러나 경제가 어느 정도 안정되고 나면 여자에게서는 본질적인 정서적 욕구가 강하게 되살아난다. 아내가 진정으로 원하는 것은 그의 이해와 관심이었음에도, 돈이 그녀를 행복하게 해줄 것이라고 믿음으로써 관계가 끊어질 수 있다.

남자는 여자가 도움을 요청하지 않으면 자기가 충분히 해주고 있는 것이라고 생각한다. 그러나 여자는 자기가 청하지 않아도 남자가 알아서 도움을 주기를 바라고 있다.

남자는 직장 일에 최선을 다하고 귀가하면 그가 아내와 가정을 위해 최선을 다했다고 생각하고 집에서는 조용히 쉴 뿐이다. 그러나 여자는 남자의 사랑 표현이 없으면 불만을 가질 것이다.

여자의 파도가 위로 솟구칠 때, 그녀는 자기가 가진 것에 대해 만족감을 느낄 수 있다. 그러나 파도가 꺼지면 그녀는 그녀가 갖지 못한 것, 놓쳐 버린 것을 생각하게 된다. 이 때 남자는 유의해야 한다.

남자는 성 테크닉을 중요시한다

남녀의 섹스는 다르다. 그래서 갈등을 일으키는 경우가 많다. 상대방의 성을 이해할 때 성의 갈등을 줄일 수 있다.

인간의 성욕은 자연스러운 것이며 본래 있는 것이 정상이다. 그러므로 그것을 억제하기보다는 어떻게 하면 자연스럽게 유지하고 발산할 것인가가 남자 일생의 과제 중 하나인 것이다.

남자의 성욕은 끝이 없다

R. 브라디는 "남자라는 것은 정작 육체에 의한 것이 아니라면 행복을 느끼지 않는다. 그의 가장 깊고 가장 절대적인 쾌락은 육체 속에 있다."라고 말한다.

남자들의 평균 수명이 짧은 이유 중의 하나는 과도한 성욕 추구로 빠져나가는 에너지 소실 때문이다. 이것은 남자들이 본능적으로 많은 자손을 남기고 싶어하는 데서 기인한다.

인간을 포함하여 모든 수컷은 여기저기 정자를 뿌려 될 수 있으면 자신의 유전자를 많이 남기려는 본능을 갖고 있다. 한편 암컷은 가능한 강하고 우수한 유전자를 지닌 자식을 낳기 위해 상대 수컷을 선택한다. 수컷은 도전하여 퍼트리는 본능을 갖는 데 반하여, 암컷은 선택하는 성적 본능을 갖고 있는 셈이다.

정자와 난자의 움직임에는 차이가 있다. 수정이 이루어지는 순간 난자는 초연하게 한곳에서 기다리는 반면, 정자는 수억 마리가 무서운 기세로 헤엄치면서 몰려간다. 그 중에서 가장 빨리 난자에 도달하는 정자가 난자의 세포막을 뚫고 안으로 들어가 수정이 이루어지는 것이다.

모든 정자는 앞뒤 생각 없이 덮어놓고 난자를 향해 돌진하는 본능이 있으며, 난자는 무수하게 몰려오는 수많은 정자 중 하나를 선택하는 본능이 있다. 이것이 남녀 성의 근본적 차이인 것이다.

이와 같이 수컷은 성적 적극성이 높고 이성에 대한 성적 호기심이 지극히 강한 동물이다. 특히 10대 중반에서 30대 중반까지는 성적 욕구가 절정을 이룬다.

보통 남자들은 적당한 기회와 장소만 있으면 성적으로 흥분할 수 있다. 남자는 상대가 어떤 여성이든 관계없이 성적 대상으로 생각하는 경향이 있다. 그래서 남자의 시선은 한 여자에게 고정되어 있지 않고 모든 여자에게 열려 있다.

이러한 성적 호기심과 성적 욕구는 믿을 수 없이 강하고 억제하기 어려운 것이어서 여성으로서는 도저히 이해하기 힘든 것이다.

와타나베 준이치는 《남자라는 것》에서 다음과 같이 말한다.

남자는 성의 탐험가라 할 수 있다. 탐험가는 미지의 장소나 난공불락의 장소를 정복해보고 싶어한다. 호기심과 욕구에의 여행을 하는 것이다. 이성에 대한 남자의 태도는 바로 이러한 것이다. 미지의 상대, 미지의 성에 대해서라면 다소 위험이 있어도 그곳에 들어가 탐험하고 싶어한다. 수컷이라는 탐험가는 본 적이 없는 것을 보고 싶어하고, 모르는 것을 알고 싶어하고, 그리고 만져본 적이 없는 것을 만져보고자 하는 욕망을 갖고 있다. 아름답고 멋진 아내가 있더라도 다른 여성에 대한 성적 호기심과 욕구는 다른 것이다. 이것은 사랑과 전혀 다른 문제인 것이다.

남성들의 성 충동은 강하기 때문에 이것은 참을 수 없는 고통을 주기도 한다. 남자라는 동물은 정액이 고이면 방출할 수밖에 없다. 그런 의미에서 남자란 참 힘들고 슬픈 동물이다.

마광수 교수는 다음과 같이 말한다.

대학생들 가운데도 성 충동 때문에 고민하는 남학생들이 많다. 언젠가는 한 남학생이 내 연구실로 찾아왔다. 그 학생은 하루에도 자위행위를 대여섯 번씩 하지 않으면 안 될 정도로 성 충동에 시달리고 있다고 내게 하소연해왔다. 도서관에서든 강의실에서든 여학생만 보면 갖가지 성적 망상이 일어나 도무지 정신을 차릴 수 없다는 것이었다. 그래서 언젠가는 호젓한 골목길을 걸어가다가 지나가는 젊은 여자의 뺨을 무조건 일방적으로 후려갈

기고 도망친 적도 있다고 했다. 성욕 자체가 너무나 원망스러워서, '다 여자 때문이다. 여자가 원수다' 라는 생각이 들어 그런 일을 저지르게 됐다는 것이었다.

킨제이는 "사회적 제약이 없으면 남성은 일생을 통해서 무작위로 성 관계를 가질 것이다."라고 스스럼없이 주장하고 있다. 여성은 대체로 사랑하는 남성과의 성 관계를 원하는 반면, 남성은 많은 여성을 원한다는 것에 남녀 차이가 있다.

기네스북 최대 자손 보유자는 모로코의 마지막 황제 무레이 이스마일(1672-1727)이다. 그는 서른 살이 안 된 500여 명의 처첩으로부터 888명의 아이를 낳았다고 한다.

남자는 성의 테크닉을 중요시한다

노먼 메일러는 말한다.

남성이 된다는 것은 평생에 걸친 끝없는 전투다. 남성은 언제나 자신을 노리고 있는 나약함이나 수동성에 결코 지지 않기 위해서 끊임없이 투쟁해야 한다.

남성은 대개 성취 지향의 남성문화 콤플렉스에 걸려 있다. 자기 능력 이상을 보여 주어야 한다고 생각하는 허세 콤플렉스에 걸려 있는 것이다. 성공신화에 매달린 남성들은 자신을 돌아볼 여유가 없다. 모든 일을 '성공'과 '능률'의 관점에서 처리하다 보면 감정은 메마르게 된다.

성에 있어서도 성행위를 애정과 감정의 친밀감으로 보는 대신에 '성행위의 능력'으로 간주한다. 그래서 감정이 없이도 성행위를 하며 성적 테크닉을 성행위의 성공 기준으로 삼는다. 자기가 성적으로 얼마나 유능한가를 과시하고 싶은 것이다. 그리하여 이를 위해 정력제나 약품을 과용한다. 아마 '비아그라'는 엄청 팔릴 것이다.

또한 크기 콤플렉스도 갖고 있다. 크면 클수록 좋다고 생각한다. 이것은 성을 성기 중심의 신체 접촉으로 생각하기 때문이다.

남자는 여자와 잠을 잤을 때, 정복했다고 말한다. 젊은 남자는 이 여자 저 여자와 잤다고 동료에게 자랑한다. 함께 잔 여자의 수는 폭격한 비행기의 수나 승리한 횟수와 같은 것이다. 이와 같이 성행위조차도 남자의 능력으로 간주한다. 이것은 남성들이 성행위를 가슴이 아니라 머리로 하고 있다는 증거라 할 수 있다.

왜 그런가?

남자는 지극히 성적인 동물인 까닭에 성적인 면에서 진다는 것을 참을 수 없어 한다. 남자가 자신의 성감 그 자체보다 성적인 기술을 익히는 데 열심인 까닭도 그것을 마스터함으로써 상대를 리드할 수 있고, 남자로서의 자신감을 과시할 수 있다고 생각하기 때문이다.

그리하여 여자에 대한 남자의 기억은 그녀와의 감정 교감의 추억이 아니라, 누구하고 어떤 방법으로 얼마나 오랫동안 섹스를 했느냐 하는 기교적인 측면에서의 기억만 남게 된다.

　　남자의 페니스는 심신 건강의 측정기라 할 수 있다. 정신과 육체 중 어느 하나가 이상이 있어도 발기가 어렵다. 남성의 페니스는 뽐내는 마음이 클 때 발기하게 되는 것이다. 즉 페니스의 발기는 '자신감'과 밀접한 관계가 있다.

　　어떤 남성은 자신의 아내가 자기보다 수입이 증가한 시점에서 발기 불능이 되었다고 한다. 사업에 실패한 남자들이 흔히 조루증이나 성욕 장애를 일으키는 것도 자신감이 상실되었기 때문이다.

　　성폭력 예방법 중에 남자의 그곳을 뚫어지게 바라보면서 '그것도 물건이냐'라고 말하며 같잖은 표정을 짓는 방법이 있는데, 이럴 때 남자의 '성적 흥분'은 사라지는 것이다.

　　그러나 정신분석가 롤로 메이는《사랑과 의지》에서 다음과 같이 말한다.

　　섹스와 성행위의 기술에 대한 강조는 역효과를 가져올 수 있다. 골프나 연기나 성교를 하는 데 있어서 그런 기교는 전혀 잘못된 것은 아니다. 하지만 섹스에서 기술을 어느 정도 이상 강조하는 것은 성행위에 대해서 기계적인 태도를 갖게 만들고, 소외감이나 고독감과 더불어 비인간화된다는 기분을 수반한다.

　　어떤 특이한 체위나 노련한 자세가 사랑을 증진시키지는 않는다. 성적 기술에만 집중하다 보면 그것은 가장 자연스러워야 할 성에 지식을 개입하는 것이고 그렇게 되면 섹스는 감정의 교감이 아니라 체조 연습이 된다. 또한 '비아그라'와 같은 약품도 성교 시간은 연장시킬 수 있겠지만 서로간의 애정을 강화시키지는 못한다.

사랑으로부터 그때그때 상황에 적절한 성의 기술이 저절로 나온다. 사랑은 창조적이어서 적절한 순간에 가장 올바른 방법을 찾아내는 것이다. 기술 따위는 다 잊고 오직 사랑이 펼쳐질 때 인간은 모든 감각이 다 열려 그 순간 가장 적절한 방법으로 반응하고 몰입하면서 기쁨을 느낄 수 있다.

남자는 성과 사랑을 분리할 수 있다

여성들은 다음과 같은 의문이 들 것이다.

남자는 어떻게 해서 생전 처음 본 여자와 잠을 잘 수 있을까? 어색하지 않을까? 공허함을 느끼지는 않을까? 남자는 왜 자기가 만난 여자에 대해 소상히 알려고도 하지 않은 채, 곧바로 섹스를 향해 달려가려는 것일까?

그러나 대부분의 남자들의 경우 이것은 가능하다. 성과 사랑을 분리시킬 수 있다. 연인에게 불륜이 발각된 한 남자의 말이다.

당신의 몸에 결혼할 때까지 손가락 하나 건드리지 않겠다고 나는 맹세했습니다. 그런데 그것을 참느라고 얼마나 고생했는지 당신은 상상도 할 수 없을 것입니다. 결국 참다못해 그런 짓을 하고야 말았습니다. 내가 이렇게 된 것도 오로지 당신을 사랑한 까닭이라고 생각해 주셔야 합니다.

이 말을 여성들은 이해할 수 없을 것이다. 연애중인 남자가 사창가에 더

간다는 보고도 있다. 왜냐하면 연애중에는 성적으로 더 자극받기 때문이다. 그래서 위의 경우처럼 애인에 대한 맹세 때문에 결국 그 욕구를 다른 곳에서 배출시키는 것이다.

대부분의 남자는 여자에 대해, 집으로 데려가 그의 엄마에게 보여줄 '이상적인 여자'와 호텔로 데려가 침대에 누일 '환상적인 여자'라는 두 가지 기준을 가지고 있다. 그러므로 남자들은 진정 사랑을 느끼지 않은 여자에 대해서도 충분히 성욕을 느낀다.

물론 정상적인 지성의 소유자라면 양심의 가책을 느낄 것이다. 그러나 가책을 느끼면서도 또 다른 여자와 관계한다는 것은 남자에게는 일종의 '즐거운 일'로 여겨지는 것이다. 여기에는 항상 새것을 추구하는 심리, 미지의 것에 이끌리는 남자의 심리도 한몫 한다.

어느 사람이 한 말.

"나는 집에 멋있는 마누라가 있기 때문에 안심하고 바람을 피울 수 있습니다."

이것은 내 집 쌀통에 일등급 경기미가 있지만 별미로 남의 집 보리밥을 몰래 훔쳐먹는 남자들의 습관이다.

남자의 성적 욕구는 일상적인 것이다. 상대가 창녀일지라도 의미가 있다. 창녀는 남자에게 에로틱한 공상을 실현시켜 준다. 남자들은 처나 애인이 불감증이라거나 결함이 있다고 변명한다. 그러나 실제로는 새로운 여자와 책임이나 결과 등에 구애받지 않는, 그것만이 목적인 순수한 성 관계를 언제나 머릿속에 그리며 생각하고 있는 것이다. 그리하여 실천했을 때, 남자는 성공스러운 기분, 자랑스런 기분을 느낀다.

이와 같이 남자에게 있어서 성적인 만남은 즐겁고 가슴 설레는 것이다. 여자의 아름다움을 새롭게 발견할 수 있다면 남자는 기쁘다. 계속적으로 사랑의 감정이 우러나오지 않더라도 단속적인 추억은 남아 있다.

여자는 이상적인 남자와의 운명적인 만남을 꿈꾸지만, 남자는 한눈에 반해버린 여자와의 잠자리를 꿈꾸는 것이다.

여자들은 진정으로 상대방을 사랑하지 않고서는 '나는 당신을 사랑합니다'라는 말을 쉽게 하지 않는다. 하지만 남자들의 경우 사정이 다르다. 그들은 단지 육욕만 가지고 있다 하더라도 이 말을 하기 때문이다. 그래서 여자들이 이 말의 단순한 뜻만 믿고 남자에게 속아 육체적으로나 정신적으로 상처를 받는 경우가 흔히 있는 것이다.

남자는 성을 통해 사랑에 이른다

남자도 여자 못지 않게 사랑을 원한다. 하지만 그가 마음을 열고 상대의 사랑을 받아들이는 데 필수적인 것은 바로 성적인 각성이다. 남자들은 섹스를 하면서 마음이 열리고 동시에 사랑을 갈망하게 된다. 사랑하고 또 사랑받고 있다는 느낌을 갖기 위해서 여자들이 '친밀한 대화'를 요구하는 것과 마찬가지로 남자들은 '섹스'를 필요로 한다. 물론 남자에게 사랑을 느끼게 하는 데는 섹스 외의 다른 방법도 있지만 남자의 영혼을 움직이고 마음을 여는 가장 효과적인 방법은 섹스이다. 멋진 섹스를 통해서 남자는 더 많은 애정을 가지게 된다. 멋진 섹스를 함으로써 일시에 관계가 좋아질 수 있다.

남자들은 진정으로 좋아하는 여자와 섹스를 했을 때 완전히 하나가 되었다는 일치감을 느낀다. 그 때 남자는 그녀를 더 가깝게 알게 되었다고 만족감을 느끼는 것이다. 남자들은 그녀와 자고 난 뒤 정말로 내가 이 여자를 사랑하는지 아닌지를 깨닫는 것이다. 하지만 이 근본적인 차이를 깊이 이해하지 못한 여자들은, 남자들은 그저 섹스밖에 모르는 속물이라고 쉽게 판단해버린다.

물론 이것은 주로 부부의 경우에 해당되는 것이며, 연애중이라면 보다 신중할 필요가 있다.

부부의 경우도 여행을 마치고 집에 돌아온 남편은 들어오자마자 섹스를 원하는 데 반해 아내는 이야기도 나누고 분위기를 부드럽게 만드는 시간을 갖고 싶어한다. 이런 차이를 이해하지 못하면 남자는 아내로부터 거부당했다는 생각에 불쾌해질 것이고 여자는 남편이 자기를 그저 성적인 대상으로만 여긴다고 생각할 것이다.

남자가 성 관계를 그렇게 서두르는 숨은 이유는 성행위를 하면서 그의 감정이 되살아나기 때문이다. 여자가 이러한 차이를 이해하면 섹스에 대한 그녀의 전체적인 시각이 바뀔 수 있다. 남자의 성욕은 애정과 별개의 본능이라고 여겼던 그녀가, 사랑을 찾아가는 과정으로 섹스를 보기 시작할 수 있다.

여자는 성보다 로맨스를 중요시한다

여자는 사랑을 통해 성에 이른다

　사랑 없이 섹스할 수 있는 남자와는 달리 여자의 섹스는 보통 사랑과 일체가 되어 있다. 물론 여자도 남자 못지 않게 멋진 섹스를 좋아한다. 단 남자와 다른 점은 여자는 사랑에 대한 욕구가 먼저 충족되지 않으면 강렬한 성욕이 일어나지 않는다는 것이다.

　자기가 그에게 특별한 존재이며 그의 사랑을 받고 있다는 느낌이 여자에게는 무엇보다 중요하다. 이렇게 해서 그녀의 마음이 열리면 비로소 육체가 열리고 그때 여자가 느끼는 갈망은 남자와 같거나 오히려 더 강할 수 있다. 그러나 사랑이 부족하면 냉정하게 되고, 조개가 껍질을 닫듯이 감정의 문을 닫아버린다.

　여자가 성적인 기쁨을 느끼는 것은 그 남자의 전부가 마음에 들고, 특히 그 남자를 정열적으로 사랑하고 있을 때뿐이다.

만일 남자가 어떤 여자를 보고 "미안합니다, 실례지만 저와 함께 자지 않겠습니까?"라고 말한다면 따귀를 얻어맞을 가능성이 많다. 맞아도 싸다. 여자는 상대방을 받아들이기 전에 먼저 매혹되고 그런 마음을 가질 수 있게 되어야 한다.

반대로 남자는 매력적인 여자가 "실례지만 저하고 자지 않을래요? 하고 싶어 죽겠어요, 벌써 한 달이나 못 했어요."라고 말한다면 꿈꾸는 기분일 수 있다. 남자는 여자가 자기를 사랑하지 않더라도 상관없다. 그러나 여자는 그렇지 않다. 그녀에게 마음으로부터 사랑이 우러나오게 하지 않으면 안 된다.

그래서 여성은 마음에 드는 남자가 없으면 수 개월이나 수 년이라도 성관계를 가지지 않고 견딜 수 있다.

또한 여성들은 섹스를 하고픈 육체적 욕구를 느끼기까지 시간적으로 상당히 오래 걸린다. 연애를 하면서도 성적인 욕망을 느끼는 것은 남자들이 훨씬 빠르며 이것은 저절로 그렇게 된다. 이렇게 남자들의 반응 속도가 빠른 것은 남녀의 생리적 차이 때문이다. 미 코넬대 연구팀에 따르면 인간의 대뇌에는 '애정화학물질'이 있는데, 여성은 남성에 비해 느리고 둔하다고 한다.

여자는 남자보다 열 배쯤 시간이 더 필요하다고 생각해야 한다. 여자는 먼저 도발적이고 관능적이고 매혹적인 느낌이 있어야 성적인 자극을 갈망하게 된다. 한 남자에게 끌리는 기분을 맛보면서 그녀는 둘이 함께하는 시간을 즐긴다. 성 관계를 원하게 되기까지는 얼마나 걸릴지 모르는 것이다. 그래서 여자는 남자가 감정을 배제한 단순한 섹스에 이끌리는 것을 이해하기 어렵다.

여자들은 상대방이 자기에게 어떤 배려를 해주었다던가, 자신은 그로써 어떤 느낌을 가졌는지를 얘기하는 경우가 많다. 그것은 여성에게는 행위의 결과보다도 그 과정이 중요하기 때문이다.

발작은 말한다.

"여자들은 음란한 밤의 온갖 쾌락 대신에 여자들이 그렇게도 좋아하지만 남자들은 거의 주의를 기울이지 않는 '마음의 애무'를 아낌없이 하여주는 사람과 함께 살고자 할 것이다."

여자들은 섹스보다 로맨스를 좋아한다.

남성들은 섹스를 좋아하지만, 여성들은 로맨스를 더 좋아한다. 침실에서 여자를 정말 행복하게 하는 것이 무엇인지를 남자들이 모르는 것은 '그가 좋아하는 것'을 여자도 좋아할 것이라는 잘못된 믿음 때문이다. 일반적으로 여자가 섹스를 갈망하게 되려면 그에 앞서 사랑받고 있다는 느낌과 로맨스가 필요하다는 사실을 남자는 잘 모른다. 여자는 섹스 자체보다, 낭만적인 분위기와 느리고 섬세한 남자의 손길을 더 좋아한다.

부인의 경우 그녀의 성욕을 불러일으키는 것은 남편이 퇴근길에 꽃을 사오거나 설거지를 해주는 것처럼 간단한 일일 수 있다고 한다. 여자는 남자의 손을 잡고 광장을 산보하거나 팔에 안겨 파티에 갈 때 에로틱한 흥분을 느낀다. 여자는 별이 뜬 하늘 아래나 해변이나 숲 같은 자연이 아름다운 곳에서 섹스하기를 바란다고 한다.

남자들은 성교를 통해서 성적 긴장을 해소하는 반면 여자들은 정서적 친근감을 높인다. 남자의 본능이 잠자는 것이라면, 여자의 본능은 애정에 감싸여 살며시 육감을 잠들이는 것이다.

남녀의 에로티시즘의 차이는 '비계속성'과 '계속성'에 있다. 남자의 에로티시즘은 일시적 즐거움을 위한 이기적 갈망이다. 남자의 섹스는 단속적이어서 에로티시즘을 오르가즘, 혹은 적어도 삽입과 동일시하는 경향이 있다. 그래서 남자는 성행위가 끝나면 일반적으로 여자에 대한 흥미를 잃는다. 탐정소설에서 범인이 밝혀진 경우처럼 흥미가 중지된다.

남자가 짧은 시간의 밀회에서 불꽃을 튀기려고 하는 데 반하여, 여자는 만나는 시간을 연장하고 그 긴 시간을 꿈꾸는 심정으로 보내려고 한다. 오랫동안 장밋빛 기분으로 보내고 싶은 것이다. 여자가 그리는 큰 꿈은 이 사랑이 언제까지나 계속되기를 바라는 것이다. 여성의 에로티시즘에도 쾌락은 있지만, 그것은 애정 관계에서 오는 사랑이 주는 선물인 것이다. 여자에게 사랑의 기쁨은 보다 정신적인 기쁨이다.

여자에게도 성욕은 있다

현대 여성들은 섹스에서 과거보다 더 많은 것을 기대한다. 예전에는 섹스란 기본적으로 여자가 남편의 욕구를 채워주는 행위였다. 남자가 성적 욕망을 채우기 위해 가끔 바람을 피워도 여자는 가정을 깨지 않겠다는 일

념으로 자기 욕망을 희생하며 참고 사는 것도 옛날 이야기이다.

여성에게도 성욕은 당연히 있다. 지금까지 억압되어 왔기 때문에 남자보다 없는 것처럼 여겨져 왔을 뿐인 것이다.

전여옥은 말한다.

여성의 성욕은 분명히 있어요. 여성의 성은 정신적인 것이 강해요. 그런 점에서 일하는 여성은 성욕으로 인한 스트레스를 받지 않아요. 일로써 그것을 푸니까요. 반면에 집에만 있는 주부들이 성에 대한 불만을 가질 가능성이 높습니다. 오로지 남편에게서만 그걸 해결하려 하기 때문이지요.

여성들의 성에 대한 관심이 점차 높아진다는 사실은 자신의 여성성을 제대로 찾으려는 욕구를 나타내는 것이다. 남자들에게 직장생활로 인한 스트레스를 풀어줄 편안한 가정이 필요하듯이 이제 여자들도 상대방 남자의 위안과 지지를 요구하고 있는 것이다.

97년 창간호를 낸 페미니스트 계간지 《이프》는 창간 이념을 다음과 같이 말한다.

성의 욕망을 아는 것이다. 오랫동안 남성욕망의 대상에 불과했던 여자들이 주인이 되어 진정 원하는 것이 무엇인가에 대해 말하는 법을 배워나가는 데 입이 되고자 한다.

남녀의 성적 매력은 다르다

남·성·여·성·산·뜻·하·게·벗·겨·보·기

너무나 큰 매력의 영향력(?)

매력적인 사람에게는 사법부 판결도 유리

로체스트 대학의 데이비드 랜디와 해랄드 시갈은 동일한 논문에다 서로 다른 여학생 사진을 부착하여 남학생들에게 개별적으로 나누어 준 뒤 평가하도록 했다. 그 결과 여학생이 매력적으로 여겨지는 경우에는 쓴 사람의 능력, 연구논문의 질에 대해서 호의적인 평가를 보였다. 특히 논문의 질이 떨어질수록 용모의 효과는 현저하게 나타났다고 한다. 결과적으로 보면 미인의 경우는 시원찮은 논문을 써도 괜찮지만 못생긴 여성은 차별을 받고 싶지 않으면 끊임없이 우수한 논문을 쓸 수밖에 없는 기이한 현상이 발생한 것이다.

미국의 경우 매력적인 사람은 사법계에서도 유리한 판결이 내려질 가능성이 많다고 발표되었다. 여성 범죄자에게 내린 평균 복역기간을 조사한 보고서에 따르면, 절도 범죄를 저지른 경우 매력적인 여성이 2.8년, 매력 없는 여성은 5.2년으로 나타났다. 그러나 미모를 이용해 사기 행각을 한 경우에는 매력이 불리하게 작용하여 매력 있는 여성이 5.5년이며, 매력 없는 여성은 4.4년으로 나타났다.

사랑하는 남녀는 서로 비슷한 매력을 갖고 있다. 사람은 신체적 매력이 자기와 너무 차이가 나지 않는 상대를 파트너로 삼고 싶어한다고 한다.

미네소타 대학의 엘렌 버쉐이드에 의하면 피실험자에게 이성의 사진들을 보여주고 그 중에서 만나고 싶은 사람을 선택하게 했다. 그 결과 피실험자, 특히 여성 쪽이 자기와 같은 매력 수준의 상대를 택했다. 이것은 실패에 대한 두려움을 고려하여 무난한 선택을 하는 현실적인 경향을 나타내는 것이다.

요즘 TV에 남녀 짝짓기 프로가 유행인데, 여기서도 보면 가장 매력적인 남녀를 상대자 모두가 선택하는 경우가 드문 것도 같은 이유라고 할 수 있다.

육체에 관심을 갖는 **남자**

남자는 우선적으로 시각적 매력에 이끌린다. 남자는 아름다운 여자를 보면 그녀의 몸을 보고 싶다는 본능적인 욕구를 느낀다. 그러나 여자의 경우 잘생긴 남자를 보면 그와 사귀고 싶다는 욕구를 느끼지만 처음부터 그의 육체에 관심을 갖지는 않는다.

남자는 처음에 눈에 보이는 것에 크게 좌우되고 흥분을 느끼는 반면, 여자는 사람을 알아 가는 과정에 가장 큰 관심을 보인다.

수탉이 하루에 몇 번 교미하죠 ?

　결혼생활에서 부인은 남편에게 동일한 시각적 자극을 계속해서 제공하기 때문에 그 자극에 대한 남편의 감수성이 떨어질 수 있다. 이것을 습관화 현상이라고 한다. 습관화란 반복된 자극에 노출된 결과 반응의 강도가 점차 감소하는 것이다.

　남성들을 상대로 조사한 바에 따르면 동일한 포르노 사진을 반복적으로 보여 주면, 습관화로 인하여 생리적·심리적 흥분도가 감소한다고 한다. 그 결과 남성들은 새로운 자극을 추구하게 된다는 것이다. 이것이 쿨리지 효과이다.

　'쿨리지 효과'란 미국 30대 대통령 쿨리지로부터 연유되었다. 그가 대통령을 할 당시 한번은 부인과 함께 워싱턴 근교의 시범농장을 방문하였다. 한 양계장 옆을 지나가다가 닭들이 교미하는 장면을 보고 영부인은 농장안내원에게 물었다.

　"수탉이 하루에 몇 번 교미하죠?"

　안내원은 말했다.

　"하루에도 수십 번씩 교미합니다."

　이 말을 들은 영부인은 안내원에게 그 사실을 대통령께 알려 주라고 말했다. 안내원의 이야기를 들은 대통령이 물었다.

　"항상 동일한 암탉하고만 교미합니까?"

　안내원은 답하기를,

"그렇지 않습니다. 교미할 때마다 다른 암탉입니다."

대통령은 이 사실을 영부인에게 전해 달라고 안내원에게 말했다.

수컷 동물들도 처음의 파트너를 만났을 때보다 다른 파트너를 만났을 때 성적 반응이 빨라진다는 현상이 발견되었다. 생쥐, 젖소, 고양이 등 여러 동물 실험 결과 증명되었다.

이와 같이 성적으로 무감각해진 수컷이 새로운 파트너를 찾는 현상, 또는 성적으로 반응이 없던 남성이 새로운 성 파트너를 만나면 성적 반응이 복원된다는 현상을 '쿨리지 효과' 라고 부른다.

마리벨 몰간은 그녀의 '진정한 여성 코스' 에서 부인들에게, 남편이 직장에서 돌아올 때 잠옷 차림으로 하이힐을 신고 대문에서 그를 맞이해야 한다고 가르친다. 처녀 시절에는 그녀를 우상처럼 떠받들고 그녀를 위해 헌신적으로 봉사하던 남편이 결혼 후 아내를 무시하고 바람을 피우는 이유 중의 하나는 아내가 '지속적으로 매력을 가꾸어야 한다' 는 사실을 깨닫지 못했기 때문이다.

그러나 수컷들이 성적으로 습관화되기 때문에 새로운 파트너를 추구하는 반면, 암컷들은 습관화 경향이 상대적으로 적어서 새로운 파트너를 찾는 경향이 적다고 한다.

여자들은 일반적으로 시각보다도 촉각이나 청각, 정서적 자극을 더 중요하게 여긴다. 이러한 남녀간의 차이 때문에 성교 직전 남자들은 방을 밝게 하려고 하는 반면, 여자들은 방을 어둡게 하려고 한다. 남자들은 시각적 자극에서 흥분을 크게 느끼기 때문이고, 여자들의 경우 수치심의 요소도 있으나 무엇보다도 촉각을 비롯한 정서적 자극을 기대하기 때문이다.

여성들의 성적 관심이나 흥분은 남성으로부터 얻은 언어 및 비언어적 자극에 의해 일어나지만, 여성들은 남성들과 달리 그러한 자극에 대해 습관화 현상을 보이지 않는다고 한다. 오히려 그러한 자극이 계속되지 않을 때 성욕이나 성적 관심을 잃게 될 가능성이 높다는 것이다.

부부의 경우 아내는 시각적 매력을 유지하기 위해 노력할 필요가 있다. 시각적 자극을 주기 위해 화장, 복장, 성생활의 분위기, 체위 등의 변화가 필요하다고 한다. 남편 역시 아내에 대한 자상한 배려, 사랑의 감정 표시를 게을리 하지 않아야 한다.

후각적 요소도 중요하다

후각 자극은 곤충이나 동물의 경우 결정적이다. 동물들은 냄새를 통해 짝을 찾는다. 대부분의 시각과 청각 체험들이 며칠, 혹은 몇 주일 만에 사라지는 반면에, 냄새의 경우 한번 맡고 나면 몇 년 후에도 그것을 기억할 수 있다고 한다.

남녀는 개인마다 특유의 체취가 있다. 인간은 남성과 여성 모두 겨드랑이와 유두 주위, 그리고 사춘기부터 활발한 활동에 들어가는 가랑이 사이에 '아포크린' 선을 가지고 있다. 아포크린 선에서 나오는 분비물은 피부의 박테리아와 결합하여 신맛과 함께 향긋한 냄새를 발산한다고 한다.

셰익스피어 시대의 어떤 여성들은 껍질을 벗긴 사과를 겨드랑이에 끼고 그 과일이 자기의 향내로 흠뻑 젖을 때까지 기다린 다음, 이 '사랑의 사과'

를 자기의 애인에게 선사하여 그 향기를 한껏 들이마시게 했다.

여성들은 남성들보다 냄새를 더 잘 맡는다. 후각에 대한 민감도는 일반적으로 남성보다 여성이 높으며 나이가 들면 민감도가 떨어진다고 한다. 여성들은 성욕을 일으키는 남성들의 사향내와 아주 비슷한 물질인 엑살코리드에 대하여 남성들보다 100배나 더 민감하며, 1미터 떨어진 곳에서도 희미한 땀냄새를 맡을 수 있다고 한다. 남성은 민감한 여성의 후각에 유의할 필요가 있다.

매력은 여자의 힘이다

힘은 남자의 매력, 매력은 여자의 힘

어떤 사람이 아리스토텔레스에게 다음과 같이 질문했다.

"우리들이 여자를 대할 때 같은 여자라도 미모의 여자를 대하면 오랜 시간을 함께 이야기하여도 시간 가는 줄 모르는데 그것은 무슨 까닭인가?"

이 말에 아리스토텔레스는 다음과 같이 대답했다.

"그것도 모르다니 당신은 눈뜬 장님인가?"

남자가 미래에 성공한 모습을 꿈꾸듯이, 여자들은 미스코리아로 선발된 여성이 행진하는 것을 보면 다음과 같이 상상한다고 한다.

내게 어떤 기적적 변화가 일어나 나도 언젠가는 장미 꽃다발을 안고, 머리에는 왕관을 쓰고, 눈물을 글썽이며, 자랑스러움으로 터질 것 같은 가슴을 안고 그 무대 위를 걸어봤으면.

여성의 매력은 우선적으로는 육체적인 매력이다. 젊음, 건강, 아름다움, 깨끗한 피부, 탐스러운 입술, 윤기 있는 머리칼, 생기 있는 걸음걸이, 흰 치아 등은 남성들을 유혹하는 요소들이다.

B. 에리스는 미인의 매력을 다음과 같이 분석했다.

1. 세 개는 희다. (피부, 치아, 손)

2. 세 개는 검다.(눈, 속눈썹, 눈썹)

3. 세 개는 붉다. (입술, 뺨, 젖꼭지)

4. 세 개는 길다. (신체, 머리칼, 손가락)

5. 세 개는 넓다. (가슴, 이마, 눈과 눈 사이)

6. 세 개는 가늘다. (허리, 손, 발)

7. 세 개는 얇다. (손가락, 발목, 콧구멍)

8. 세 개는 풍부하다. (입술, 가슴, 엉덩이)

위의 기준은 백인 미인의 기준이지만 우리 사회에도 현재 통용되고 있다. 나오미 울프는 《미의 신화》에서 '백인 미인'의 신화는 남성들의 제도와 권력에서 나온 것이라고 한다. 그녀는 이 신화가 여성들을 통제하고 시장에서는 고분고분한 소비자로 만들며, 미의 기준을 한 가지로 국한시킴으로써 다른 것을 아름답지 않게 만들어 버린다고 비판한다.

우리도 '한국 미인'의 기준을 회복할 필요가 있지 않을까?

일반적인 **여성의 몸매** 기준은 무엇인가?

얼굴의 경우, 가로와 세로의 비율이 1:1.3일 경우가 가장 균형 잡힌 형태로 매력 있다고 한다.

몸매의 경우, 심리학자 데벤드 싱은 모든 남자들은 큰 엉덩이에 잘록한 허리를 가진 여체를 본능적으로 좋아한다고 말한다. 그는 허리 : 엉덩이 비율이 0.7 : 1일 경우가 가장 매력 있다고 본다.

그 이유는 허리 : 엉덩이 비율이 낮을수록 생식 능력이 우수하다는 것이다. 허리가 잘록한 여자는 여성 호르몬인 에스트로겐의 분비가 원활하여 임신 가능성이 높다. 허리 : 엉덩이 비율이 높은 여자는 남성 호르몬인 테스토테론이 많이 분비되어 허리가 굵어진 상태이다. 임신이 쉽게 되지 않지만 아들을 나을 가능성은 높다고 한다.

오늘날의 여성들은 필요 이상으로 마른 몸매를 추구하는 경향이 있다. 사실상 서구의 경우 어머니의 역할에 비중을 두었던 1400~1700년 시기에는 뚱뚱한 몸매가 유행했으며, 날씬한 몸매에 비중을 두기 시작한 것은 겨우 1920년대 이후라고 한다.

심리학자 폴로린은 미국 남녀에게 여자의 몸매를 야윈 몸매에서부터 뚱뚱한 몸매에 이르기까지 9등급으로 분류하여 그들에게 이상적인 몸매를 택하도록 했다.

남성들은 평균 정도의 몸매를 선택했다. 그러나 여성들은 평균 이하의 날씬한 몸매를 선택했다. 여성 스스로 날씬한 것을 선호했고, 남성들도 날씬한 몸매의 여성을 좋아한다고 믿고 있었다. 결국 미국 여성들은 실제보다 남자들이 더 마른 몸매를 원한다고 잘못 믿고 있었던 것이다!

우리 나라 여대생을 대상으로 한 어느 조사에서 체중 미달은 전체의 63% 였으며, 체중 초과는 0.7%에 지나지 않았다. 그러나 41%에 해당하는 여대생들이 자신을 체중 초과로 생각하는 결과가 나왔다. 이것은 깡마른 여성을 섹스 심벌로 상품화시키는 광고의 영향력 때문이 아닐까?

얼마 전 한 성형외과 의사가 여자의 각선미 선호도를 조사한 바에 따르면, 여성들은 가늘고 긴 다리를 선호한 반면에 남성들은 통통하면서 아름다운 다리를 선호하는 결과가 나왔었다.

웨스트버지니아 대학의 노먼 케이비어 박사의 연구에 따르면 여학생의 4분의 3이 자기 자신을 학과에서 가장 육체적 매력이 없는 사람으로 간주하는 것으로 나타났다고 한다. 또한 많은 여성들이 자신의 결점에만 마음을 뺏겨 자기자신을 나타내는 데 장애를 갖고 있다고 한다.

그러나 무엇보다도 여성에게 가장 중요한 것은 자기 육체에 대한 자신감이다. 모든 여성은 나름대로의 독특한 매력을 지니고 있다. 자신의 매력을 어떻게 가꾸어 나가느냐가 중요한 것이다.

자연스럽게 매력을 계발하라

'못생긴 여자는 없다. 단지 어떻게 예쁘게 보일지 모르는 여인만 있을 뿐이다'라는 말이 있다. 여성의 아름다움은 주어진 것이 전부가 아니고 스스로 가꾸어야 한다.

여성은 매력적이기 위해 정말 대단하게 노력한다. 아침에 한 화장법이 맘에 들지 않으면 하루 종일 우울하며, 얼굴에 뾰루지 하나만 돋아도 온 신경이 집중된다.

일본의 어느 모델은 자신의 매력 계발 방법을 다음과 같이 말한다.

나는 매일 집을 나올 때, 그날의 테마를 정합니다. 예를 들어, 오늘의 테마를 눈썹 모양으로 정하면, 차 속에서도 다방에서도 어디를 가나 눈에 들어오는 여성의 눈썹만을 관찰해서, '저러한 형은 나에게 어울릴까, 저 헤어스타일에 저런 눈썹은 이상하지 않을까' 하고 생각합니다. 영화나 TV를 볼 때에도 그날은 오직 눈썹만을 봅니다.

그 다음날은 옷을 테마로 정하는 식으로 바꾸어 갑니다.

　뉴욕의 리차드 카트버그는 '못생긴 범죄자'들을 골라내서 다음과 같은 실험을 했다. A그룹은 석방 후 성형수술을 받게 했고, B그룹은 직업 지도를 해주었고, C룹은 성형수술과 직업 지도까지 해주었다. 1년 후에 실행된 추적 연구를 통해서 성형수술을 받은 그룹의 경우 아무것도 해주지 않은 사람보다 재범률이 36%나 낮다는 것이 밝혀졌다. 직업 지도도 유용했으나, 성형수술이 병용된 경우에 효과가 있었다. 성형수술의 효과는 신체보다 얼굴이 못생긴 경우가 더 크다는 것이 판명났다. 이 사실은 외면적인 아름다움의 개선이 범죄의 감소에 도움이 된다는 것을 나타낸 것이다.

　성형수술을 하는 여성들이 늘어나고 있다. 그러나 쌍꺼풀, 콧대 수술을 하는 여성 중에서 정말 자기 얼굴의 장점이나 결점을 제대로 알고 고치는 여성은 드물다고 한다. 가능한 자기의 자연스런 매력을 유지하는 최소한의 성형이 필요하다.

　물론 자연 그대로의 모습에 도저히 자신이 없다면, 그 콤플렉스가 마음을 편협하게 하여 심술궂은 성격이 될 수도 있다. 특히 눈이 심하게 짝눈이거나 코가 비뚤어져 있으면 사회 활동에 치명적일 수 있다. 그러므로 필요한 경우에는 하는 것이 좋다. 성형을 통해 얼굴이 예뻐지면 자신감이 생겨 마음도 너그러워지고 남을 동정하는 여유가 생길 수 있기 때문이다.

　그러나 성형수술은 자신이 진정 원할 때 해야 한다. 예를 들어, 자신은 가슴의 모양에 만족하는데 남편이 원한다고 수술받는 것은 바람직하지 않다.

　또한 모처럼 성형수술로 아름답게 되어도 그 일로 죄악감이나 열등감을 조금이라도 느끼고 있으면 소용없다. 왜냐하면 그러한 태도는 자연히 얼굴과 태도에 나타나게 마련이다. 성형수술을 받고 그것에 자랑스러움을 갖지 않는다면 절대로 아름다워지지 않는다. 그러므로 자신이 없다면 안 하는 편이 낫다.

자신을 위해 하는 성형수술

성형수술은 전에는 사랑하는 사람을 위하여 했지만, 지금은 자기 자신을 위해서 하는 경향이 늘고 있다고 한다. 99년《경향신문》이 네티즌을 대상으로 설문 조사한 바에 따르면 10명 중 7명이 '아름다워질 수 있으면 성형수술을 해도 괜찮다'고 대답했으며, 성별로는 여성이 77.1%로 남성의 61.3%보다 높았다. 여성의 경우 가장 바꾸고 싶은 부위가 지방제거, 코, 쌍꺼풀, 다리, 턱의 순서로 나타났으며, 남성의 경우는 코를 고치겠다는 응답자가 가장 많았다.

매일 반복하는 화장은 자연스럽게, 개성을 살리면서 해야 한다. 그렇지 않으면 '인공미'를 만들 뿐이다. 화장품 광고는 지속적으로 '인공미'를 생산, 유통시키고 있다. TV에 나오는 아름다운 여성 모델들의 모습은 대부분의 여성에게 미적 콤플렉스를 주며 이것이 '인공미'를 추구하게 만든다. 이렇게 되면 여자는 자기 얼굴에 '타인'(모델의 인공미)을 그리는 것이다. 그래서 화장을 '근본적으로 나의 원형을 파괴하는 전략'이라고도 말한다.

길거리에 나가 보라. 얼굴 모습이 닮은 여성들이 너무나 많다. 왜냐하면 똑같은 방법으로 화장을 했기 때문이다. 화장을 하지 않았으면 각자의 자연스러운 모습과 개성이 드러났을 것이다.

꾸미지 않고 있는 그대로의 자연스런 모습과 얼굴이 얼마나 남자에게 매력적으로 다가오는지 여자들은 잘 모른다. '자기가 갖고 있는 것이 가장 중요한 것'이란 말이 있다. 인간의 아름다움은 개성에 있는 것이다. 누구나 멋진 고유의 아름다움을 지니고 있다는 것을 알아야 한다.

섹시한 매력은 외적 치장도 중요하지만 말하는 태도, 앉아 있는 자세, 머리카락을 바람에 날리는 자태, 상대를 쳐다보는 모습에서도 생기는 것이다.

마음의 성형, 마음의 화장도 필요한 것이다.

마음의 화장을 하라

'가장 아름다운 일은 못생긴 두 사람이 사랑하는 것'이라는 말이 있다. 그런 사람들은 상대방의 겉모습이 아니라 내면의 모습을 보고 사랑하기 때문이라는 것이다.

'육체의 아름다움'은 매우 중요하다. 그러나 '영혼의 아름다움'이 결여될 때, 그러한 육체의 미는 천박한 미로 추락한다. 그러나 정신적인 아름다움은 우리의 육체적인 결점을 덮어 줄 수 있다. 인간은 누구나 '내면의 아름다움'을 가지고 있다!

플로티누스는 말한다.

영혼이 그 내부에 아름다움을 갖고 있음을 모르는 사람들은 밖에서 아름다움을 찾으려 한다. 그래서 힘들게 무엇인가를 자꾸만 만들어 내는 것이다.

여성의 아름다움은 의상이나, 머리 모양, 화장만으로 결정되는 것은 아니다. 모든 여성들에게는 정신적 광채, 즉 내면의 빛이 있다. 우리가 진정으로 내면의 빛을 믿는다면 머리 모양이나 의상, 화장으로 쉽게 자기 만족에 빠지지 않으며, 패션모델의 완벽한 아름다움을 기준 삼아 자신을 비하하지 않게 된다.

신체적으로는 아름답지 않지만 그 자신을 훌륭하게 표현한 결과·아름다운 여성의 이미지를 가질 수 있으며, 신체적으로는 정말 완벽한 아름다움을 갖추었지만 자신의 내면의 빛을 깨닫지 못해 그 아름다움의 빛을 잃어버린 여성도 많다.

홍신자는 "자신감이 있는 연인들은 자신의 눈으로 매력을 발산한다. 만일 우리가 자신감을 가진다면 내적인 아름다움이 외적으로 나타난다."고 말한다.

영혼을 위한 미장원

시카고 대학의 에카드헤스는 한 여성의 똑같은 사진 두 장(한 쪽은 동공을 크게 수정해 놓았다.)을 남성들에게 평가시켜 보았다. 이 두 장의 사진은 거의 차이가 없음에도 불구하고 대부분의 남성들은 동공이 큰 사진을 매력적이라고 지적했다. 이것은 여성의 '활기 있는 눈'이 매력을 발산한다는 것을 나타내는 것이다.

어느 해 미스코리아 입상자 중의 한 여성이 아름다워지는 비결을 묻자. "나는 매일 아침 일어나 거울을 봅니다. 그리고 나는 정말 아름답구나 하고 생각을 합니다. 그랬더니 정말로 아름다워지더군요. 매일 아침 아름다움을 생각한 거죠."라고 말했다.

　육체의 미와 영혼의 미의 조화, 바로 이것이 진정한 인간의 미이며 매력이다. 우리는 육체의 미를 가꾸는 데는 시간과 정열과 돈을 아끼지 않는다. 그러나 영혼의 미를 가꾸는 데는 게으르기 짝이 없다.

　시인 장 콕토는 말한다.

"나는 영혼을 위한 미장원을 열고 싶다. 찾아오는 손님의 마음속을 아름답게 손질할 수 있는!"

능력이 남자의 매력이다

여성은 상대적으로 남성의 외모에 관심을 크게 두지 않는다.

뉴욕의 《빌리지 보이스》지는 사람들에게 남성의 신체 어느 부분이 가장 여성을 흥분시키느냐고 물었다. 남성 100명은 '늠름한 근육질 가슴이나 어깨, 팔, 꼭 끼는 바지에 튀어나오는 큰 페니스' 를 좋아할 것이라고 답한 반면에, 여성 100명은 이런 것에는 관심이 없고, '작은 엉덩이, 훤칠한 키, 호리호리한 몸매, 표정이 풍부한 눈' 등을 골랐다.

시카고의 로욜라 대학의 폴 라브라카스의 조사에 따르면 이상적인 남성의 체형은 적당히 마른 하반신과 적당히 벌어진 상반신이 V자 형을 이루는 것이었다. 상반신이 빈약하든가, 하반신이 펑퍼짐한 형은 가장 인기가 없었다. 또한 외향적이고 발랄한 여성은 체격이 큰 남성을 좋아하는 반면, 신경질적이고 지나치게 약물을 애용하는 여성은 마른 체형을 좋아했다.

키에 있어서 남성이 여성보다 15센치 정도 클 경우 매력적으로 보인다는 조사도 있다. 그러나 남자의 육체적 매력에 대한 여성의 평가는 변할 수 있다. 한 여대생의 말이다.

사실 저는 조금 마른 남자를 좋아했거든요. 그런데 지금 사귀는 남자는 배도 나오고 뚱뚱한 편이에요. 당연히 처음에는 마음이 내키지 않았어요. 한데 남자들이 여자의 외모만 가지고 평가하는 것을 우습다고 여겼던 제가 그를 뚱뚱하다고 싫어하는 건 말이 안 된다는 생각이 들었어요. 또 여자는 외모가 실력인 세상이지만 남자는 아직은 아니잖아요. 그럭저럭 그를 만나다 보니 정이 들었는데, 그를 좋아하게 되면서 외모는 그다지 중요하지 않다는 생각을 하게 되었어요. 뚱뚱한 배가 넉넉한 마음같이 보인다고 했다가 친구들에게 닭살이라는 별명만 얻었어요.

여자가 남자를 좋아하게 되는 것은 순간의 느낌보다는 오랫동안의 관계 속에서 서서히 이루어진다는 사실을 남자들은 명심해야 한다.

여성이 가장 이상적으로 생각하는 남성의 조건은 신체적 매력이 아니라 입직, 지도력, 경세적 능력이다. 만일 여대생이 멋있는 남자에게 매력을 느꼈는데, 그 남자가 대학을 나오지 않았고, 직업도 사회적으로 낮은 위치에 있다면 그 남자의 매력은 그 순간 추락된다. 이에 반해 남자의 경우 그 여성이 학벌이나 지위가 낮아도 매력에는 별 영향을 주지 않는다.

왜 그런가?

여성들은 안정에 대한 욕망이 몹시 강하다. 과거에는 여성들이 방어나 보호, 음식의 공급을 보장해 줄 수 있는 강인한 체력과 뛰어난 기술을 소유한 남성을 찾았으나, 오늘날에는 지성미와 사회 경제적 지위가 높은 남성으로 변화되고 있다고 한다. 그렇기 때문에 여성들은 확고히 의지가 될 만한 재능과 권력을 소유한 남성에게 끌리는 경향이 많다. 남성의 부, 야망, 근면성, 지위, 값비싼 소유물 등은 매력을 강화시킨다고 한다.

그리고 사회경제적 지위가 높은 여성들은 자신보다 지위가 높은 남성을 원한다. 그러므로 남성들은 여자들에게 자신의 권력, 지위, 재원 등을 직, 간접으로 과시하는 경향이 많다.

남자의 품성과 관련하여 여성에게 호감을 주는 특징으로는 '부드러운 남자, 예의 바른 남자, 대화가 잘 통하는 남자, 여자를 존중해줄 줄 아는 남자, 분위기 있는 남자, 착한 남자' 등이 있다.

남자들의 인기 순위

참고로 여대생 100명을 상대로한 《Let's》 99년 9월호의 조사를 보자.

연애하고 싶은 남자 1위는 외모가 잘생긴 남자(34명), 2위 돈 많은 남자(28명), 3위 재미있는 남자(15명), 4위 편한 남자(13명).

결혼하고 싶은 남자 1위는 학벌과 경제력이 뛰어난 남자(31명), 2위 책임감 있고 가정적인 남자(25명), 3위 일을 중요시하고 강한 믿음이 가는 남자(19명), 4위 성격 좋은 남자(16명).

키는, 1위 175~180cm (64명), 2위 170~175cm (25명), 3위 180cm이상 (11명).

덩치는, 1위 적당히 보기 좋을 정도(81명), 2위 근육질의 남자(10명), 3위 약간 통통한 스타일 (6명), 4위 바싹 마른 스타일(3명).

남자의 가장 흉한 모습은 1위 비겁한 모습을 보일 때(39명), 2위 술에 취해 추태를 부릴 때(25명), 2위 추근댈 때(25명), 4위 나에게 집착할 때(11명).

정나미가 떨어지는 남자 1위는 지나치게 돈을 밝힐 때(32명), 2위 양다리 · 삼중다리를 걸치는 것을 알았을 때 (28명), 3위 간단한 영어 단어도 모르는 무식한 애인이라는 것을 알았을 때(23명), 4위 예쁜 여자만 보면 넋을 잃을 때(20명).

그밖에 일반적으로 싫어하는 남자의 기질로 다음을 들 수 있다.

1. 잘난 체하는 남자, 자기가 잘 모르는 것도 아는 체하며 전문가인 척하는 남자.

2. 여자에게 경쟁심 느끼는 남자, 여자 무시하는 남자.

3. 일 처리가 깔끔하지 못하며 자신감이 없는 남자.

4. 아무 여자에게나 과잉 친절을 베풀어 전혀 위엄이 없어 보이는 남자.

5. 자신이 무시당했을 때도 그냥 참아 넘기며 아무 반항도 하지 않는 남자.

6. 마음이 옹졸한 남자.

7. 몸가짐이 청결하지 못한 남자.

8. 기타로는 유머 감각 없는 남자, 말 많은 남자, 독선적인 남자.

남 · 성 · 여 · 성 · 산 · 뜻 · 하 · 게

성이란 무엇인가

벗·겨·보·기

성은 삶의 근본이다

미국의 한 신문에 어떤 식당에서 일어난 특별한 사건이 실렸다. 식당 주인이 그날 번 돈을 저녁에 예치하려고 종이 가방에 넣어 두었는데, 종업원이 음식을 넣은 가방 대신에 그만 돈이 든 가방을 건네주고 말았다.

차를 몰고 얼마 후 가까운 공원에 도착한 남녀는 음식을 먹으려고 가방을 열었다. 거기에는 음식 대신 상당한 현금이 있었다. 그러나 그들은 돈 가방을 돌려주기 위해 곧장 차를 타고 식당으로 갔다. 식당 주인이 강도를 당한 것으로 알고 이미 신고를 했기 때문에 현장에는 경찰차와 TV방송 요원들이 출두해 있었다.

돈을 찾게 된 식당 주인은 너무나 감격해서 말했다.

"당신들처럼 정직한 사람이 어디 있습니까? 당신들은 오늘 저녁 뉴스에 나와야 합니다."

그러자 그 남자는 외치면서 말했다.

"오! 제발 공개돼서는 안 됩니다. 이 여자는 내 아내가 아니라고요!"

성은 인간의 삶에 있어 가장 근원적인 요소이다. 그것은 도덕보다 종교보다 우선한다!

교통사고가 났다고 하자. 당신은 마침 그 광경을 현장에서 목격하였다. 부상자가 실려 나오고 있다. 그에 대한 최초의 당신의 관심은 무엇인가.

"이 사람은 부자인가 가난뱅이인가?"

아닐 것이다.

"이 사람은 기독교도인가 불교도인가?"

아닐 것이다.

"이 사람은 장사꾼인가 월급쟁인가?"

아닐 것이다.

"이 사람은 늙었는가, 젊었는가?"

아니다.

순간적으로, 그리고 무엇보다도 먼저 당신은 그 사람이 남자인지 여자인지를 알려고 할 것이다. 이와 같이 인간은 결코 성으로부터 벗어날 수 없다.

멋진 섹스는 건강에 좋다

성은 건강의 척도이기도 하다. 적당한 섹스는 면역력 강화에 도움을 준다고 한다.

미국 윌크스 대학 심리학 교수 프랜시스 브레넌 박사와 칼 차네츠키 박사는 남녀 대학생 101명을 대상으로 실험했다. 그 결과, 1주일에 1~2회의 섹스는 면역력을 증가시켜 감기, 독감 등 호흡기 질환에 대한 저항력을 강화시키는 것으로 밝혀졌다. 그러나 1주일에 1회 미만이거나 3회 이상일 경우 면역력에 아무런 영향을 미치지 않는 것으로 나타났다. 적당한 섹스가 건강에 좋은 것이다.

미국의 성의학자 테레사 크레이크 박사는 성생활이 건강에 좋은 이유로 여러 가지를 들고 있다. 한 번에 2500칼로리를 소모하는 효과적인 운동이며, 콜레스테롤을 줄이고, 흔히 '생명의 호르몬'으로 알려진 'DHEA' 등 건강에 좋은 호르몬 분비를 촉진시킨다는 것이다.

영국의학전문지 《브리티시메디칼 저널》에 따르면 45~59세의 남성 918명의 성생활과 사망률과의 관계를 조사한 결과, 가장 활발하게 성생활을 하는 그룹의 경우 가장 소극적으로 성생활을 하는 그룹보다 사망률이 절반에 불과한 것으로 나타났다고 한다. 또한 활발한 성생활을 하는 중년 남성들은 관상동맥질환에 걸리는 확률이 상대적으로 낮은 것으로도 나타났다.

여성에게 있어서 멋진 섹스는 여성을 부드럽게 만들고 마음을 열어 사랑을 느끼게 한다. 이에 반해 남성의 경우 멋진 섹스는 남성이 느끼는 모든 좌절감으로부터 그를 해방시키고 책임감과 열정에 다시금 불을 붙이는 것이다.

성은 억압되어서는 안 된다

성을 억압하는 종교들이 많다. 어떤 종파의 불교 승려들은 1미터 앞만을 보고 걸어야 한다. 그들은 그보다 멀리 보아서는 안 된다. 왜냐하면 아름다운 여자와 마주칠지도 모르기 때문이다. 1미터 앞만 보고 걸으면 발밖에 볼 수 없다. 얼마나 어리석은 일인가! 길거리에 떨어진 잔돈을 주울 확률은 높겠지만 아울러 차에 치일 확률도 높을 것이다.

러시아에서는 옛날에 성욕을 끊기 위해 성기를 절단하는 종교가 있었다고 한다. 그러나 성욕은 없어지지 않는다. 왜냐하면 성욕은 성기 속에 있는 것이 아니라 마음속에 있기 때문이다. 마음을 끊기는 매우 어렵다. 그러므로 수행을 위해 깊은 산중에 들어가도 성욕 자체는 없어지지 않는다.

인간은 자신의 섹스 에너지와 싸우며 섹스 충동에 반대하도록 교육받아 왔다. 이러한 섹스에 대한 적대시, 반대, 억압 때문에 인간은 안으로부터 심한 정신적 갈등을 겪는다.

M. E 몽테뉴는 다음과 같이 말한다.

육체의 욕망을 천시하고 정신만을 높이 쳐들어 대는 학자들의 가르침 때문에 사람들은 도덕적인 생활을 매우 어려운 것으로 생각하게 되었다. 육체를 천하게 보고 정신의 희생물로 삼으려고 하는 것은 큰 잘못이다. 모든 금욕주의는 고리타분한 것이다. 육체의 욕망을 무시하라는 것은 도대체가 부자연스런 일이기 때문이다. 사람은 자연스럽게 살아가면 되는 것이다. 그 자연스런 생활 속에 누구나 도덕적인 규율을 가질 수 있는 것이며, 그것이 보통사람에게 어려운 일은 아니다.

사람은 자기가 원하는 즐거움을 자연스럽게 누릴 권리가 있다. 다만 몸의 건강과 정신의 안정을 해치지 않는 범위에서 그쳐야 한다. 건강을 해하고 정신을 해치게 한다는 것은 이미 부자연스러운 일이기 때문이다.

노이로제의 원인은 성적 억압

프로이드, 융, 라이히 이후의 서양 심리학은 인간의 기본적인 정신병이 모두 섹스와 관련되어 있다는 결론에 이르게 되었다. 노이로제의 90%는 성적 억압이 그 원인이라고 한다. 히스테리 및 이와 관련된 병으로 고생하고 있는 여성의 대부분은 그 원인이 성적 부조화라고 한다.

빈 학파의 심리학자 라이히는 그의 저서 《오르가즘의 기능》에서 오르가즘에 도달할 수 있는 능력은 건강한 사람의 필수적인 속성이므로, 억압된 성적 에너지를 오르가즘을 통해 해소하지 못하면 성인에게 신경증이 생길 수 있다고 주장했다.

그러므로 섹스에 관한 잘못된 태도와 무의식적 갈등은 정신적 불건강 상태를 초래한다. 그래서 정신적 건강을 회복하기 위해 가장 중요한 것은 성에 대해 자연스러운 태도를 가지는 것이다.

성은 아름답다! 그것은 강렬하며 황홀한 자연적인 쾌락이다. 단지 인간의 '마음'이 추할 뿐이다. 신혼부부의 섹스는 추하다고 하지 않는다. 외간 남녀의 섹스는 추하다고 한다. 그러나 섹스는 같다. 단지 섹스하는 사람의 마음 상태가 다를 뿐이다.

성은 우리가 받아들이는 정도에 따라 그 신성함을 드러낼 것이고, 우리의 접근이 죄의식에 차 있고 불경스러울수록 우리 앞에 나타나는 성은 추하고 죄스럽게 된다.

열린 가슴과 마음으로 성을 충분히 받아들인다면 우리는 그만큼 성에서 자유로워진다. 그러나 억압하면 할수록 우리는 성에 얽매일 것이다.

성은 사랑으로 꽃피워져야 한다

한 유태인이 사창가로 갔다. 그는 마담에게 가장 싼 여성을 원한다고 말했다. 마담이 대답했다.

"10달러짜리 흑인 여자가 하나 있는데요."

그는 말했다.

"나에게는 4달러밖에 없소."

한참 옥신각신한 끝에 창녀 대신 마담이 직접 4달러만 받고 잠자리를 같이해 주기로 합의를 보았다.

10년의 세월이 흘렀다. 그 유태인은 다시 사창가로 찾아왔다. 마침 마담이 나왔다. 그녀는 유태인에게 10년 전의 관계로 지금 아홉 살 된 애가 하나 생겼다고 말했다. 그리고 애를 불러 아빠가 왔으니 인사하라고 했다.

그 애는 말했다.

"당신이 바로 우리 아빠라는 사람이군요. 당신 이름이 뭐죠? 지금까지 나는 우리 아버지 이름이 늘 궁금했어요."

"내 이름은 골드버거란다."

"예? 골드버거라구요? 제길! 그러면 내가 유태인이란 말이에요?"

유태인이 말했다.

"애야. 투정 부릴 것 없다. 만약 10년 전에 나한테 6달러만 더 있었더라면, 너는 게다가 흑인이기까지 했을 것이다."

성은 억압되어서도 안 되지만 사랑 없는 성욕 추구로 전락해서도 안 된다.

한 여인이 지나간다. 만일 당신이 그 여인을 인격적 존재로서가 아니라 오로지 성의 대상으로, 성적 본능으로 가득 찬 눈만으로 바라본다면, 그것은 상대방 자체를 바라보는 것이 아니라 그녀를 성기로 축소시켜 보고 있는 것이다.

여인의 뺨에 흐르는 눈물

한 여인이 있었다. 그녀는 성을 원하여 찾아오는 모든 남성에게 사랑을 베풀었다. 그러나 그녀의 두 뺨은 항상 눈물에 젖어 있었다.

왜 그녀는 눈물에 젖어 있는가?

그것은 사랑이 가능한데도 남성들은 성에 머물러 버리기 때문이다. 그러므로 그녀의 두 뺨은 항상 눈물로 촉촉히 젖어 있는 것이다.

인간은 사랑의 위대한 잠재력을 갖고 태어난다. 그러나 그것은 진흙탕 속에 머물고 있기 때문에 한 송이 연꽃으로 변형되는 예는 거의 드물다.

　그러나 인생에서 가장 비참한 것은 결코 사랑의 순간에 도달해 보지 못하고 성적인 차원에서 머문다는 것이다.

　사랑은 성에서 태어난다. 그러나 사랑은 성이 아니다. 이것은 연꽃은 진흙에서 태어나지만 연꽃이 진흙이 아닌 것과 같다. 그 진흙이 진흙인 채로 남아 있다면 여인의 뺨에는 언제나 눈물이 흘러내리고 있을 것이다.

낭만적인 부부 생활을 하라

낭만적인 부부 생활을 영위하기 위해서는 남녀 모두 상대방의 필요를 충족시키려고 노력해야 한다.

먼저 남편들이 아내에 대해 이해해야 할 요소는 다음과 같다.

남자들은 연애할 때 여자의 손을 잡고 살다시피 하다가도 결혼하고 시간이 좀 지나면 그렇게 하지 않는다. 그러나 여자는 그런 식의 신체 접촉을 매우 좋아한다. 그가 성행위를 원할 때만 그녀 몸에 손을 댄다면 그녀는 사랑받고 있다는 느낌을 받지 못한다.

대부분의 여자들은 안아 주는 것을 좋아하지만 안아 달라고 말하지는 않는다. 그러나 포옹은 여자에게 큰 정서적 만족감을 주는 것이다.

미국 미시간 대학교 사회연구소 보고서에 따르면 대부분의 아내들은 남편이 사랑이나 관심을 조금만 더 잘 표현해 주기를 원하고 있다고 한다. 그러나 대부분의 남편의 경우 이를 무시하기 때문에 부인들이 남편들에게 불만이나 짜증을 많이 느낀다는 것이다. 만일 여자가 섹스를 마음으로부터 원하도록 만들고 싶다면 남자는 섹스와 무관하게 수시로 그녀를 다정하게 안아 주거나 애정을 표현할 필요가 있다.

로맨스가 있는 부부 관계를 원한다면 남자가 여자의 감정을 이해하고 그것에 귀기울이고 있음을 그날 그날의 생활에서 그녀가 느낄 수 있어야 한다.

현대에 이르러 낭만적이 사랑이 더욱 중요해지는 이유는 그것이 여성의 여성적 측면을 회복시켜 주기 때문이다. 오늘날 여성들은 전통적으로 남성의 일로 여겨왔던 일로 하루의 대부분을 보내는데, 이는 그들에게 남성적인 면을 강화할 것을 요구한다. 그들이 긴장을 풀고 여성적인 본성으로 되돌아오는 데는 파트너의 도움이 필요하다.

로맨스를 유지하는 가장 좋은 방법

대화의 상대로서 여자들의 이야기에 진정으로 귀를 기울여 주고 관심을 가져 줄 남자가 필요하다. 과로에 지친 여성들은 배우자와 감정을 교류하면서 일터에서 받은 스트레스를 해소하고픈 욕구를 느낀다. 만약 그녀의 부탁이 몇 분 안에 곧 들어줄 수 있는 것이면 당장 해주는 것이 로맨스를 유지하는 데 가장 좋은 방법이다.

남자가 여성의 요구를 만족시키는 일에 열의를 보일 때 그녀는 다른 사람들을 보살펴야 한다는 피곤한 일상을 잠시 제쳐놓고 자신에게로 관심을 돌리게 된다. 낭만적 부부 생활을 위해 남편이라면 다음을 해 보라.

만일 그녀가 좋아한다면 함께 쇼핑을 하는 것이다. 이것은 남자에게는 매우 피곤하고 짜증나는 일이다. 하지만 백화점 안을 샅샅이 살피고 여자는 어떤 것을 좋아하며 무엇을 원하는지 가만히 지켜보는 것만으로도 그녀는 자신의 욕구가 충족됨을 느끼고, 비록 아무것도 사지 않았다 하더라도 행복해질 수 있다.

남자가 데이트를 계획하고, 입장권을 예매하고, 차를 운전하고, 사소한 일을 자상하게 챙기는 것도 좋다. 낮 시간에 짧더라도 아내와 낭만적인 전화로 사랑의 메시지를 전달하는 것, 옛 추억을 떠올릴 수 있는 장소를 산보하는 것도 부부 생활을 낭만적으로 만든다.

로맨스를 지속시키는 것은 이와 같이 작은 것에 대한 관심과 배려이다. 로맨틱한 데이트는 그녀가 여성적인 본성으로 돌아오도록 해주는 미니 여행인 셈이다. 그러나 낭만이 살아 있는 부부 관계를 위해서는 결국 자기 마음을 상대방에게 전하는 대화가 무엇보다 중요하다는 사실을 잊어서는 안 된다.

아내가 남편에 대해 이해해야 할 요소는 다음과 같다.

남자가 성행위를 갈망하는 것은 그가 다시금 상대와 감정적으로 한데 이어지기를 원한다는 뜻이며 사랑을 나누고 싶어서임을 여자들은 잘 모른다.

여자에게 대화가 중요한 만큼 남자에겐 섹스가 중요하다. 행위 도중에 여자가 보이는 성적인 반응은 남자가 사랑받고 있음을 알리는 가장 강력한 경험이다. 자기에게 성적인 갈망을 표현하는 여자를 보면서 남자는 상대방이 자기를 전폭적으로 받아들이고 있음을 느낀다. 비록 그의 하루가 긴장의 연속이었다고 해도 만일 아내가 사랑받고 있음을 느끼고 행복해하고 그와의 섹스를 즐거워하면 그는 이내 원기를 회복한다. 그의 기분이 나아진 것은 언뜻 섹스 때문인 것처럼 보이겠지만, 실은 그가 자기 감정을 되찾고 그녀의 사랑 속으로 들어왔기 때문이다. 마치 목이 말라 사막을 헤매던 사람처럼 그제야 그는 감정의 오아시스에서 물을 마시고 마음의 긴장을 푼다.

남자가 자기 아내에게 흥미를 잃는 까닭은 그녀의 젖가슴이 텔레비전이나 잡지에 나오는 여자들의 실리콘을 넣은 완벽한 젖가슴보다 형편없기 때문이 아니다. 그것은 그녀로부터 숱하게 거부당함으로써 얻은 좌절감 때문이다.

남자의 마음을 끄는 것은 매스컴에 등장하는 여인들의 육체가 아니라 섹스에 대해 언제나 완벽하게 열려 있노라는 그녀들의 은근한 암시라는 점을 여자들은 알아야 한다. 남자 마음을 자기에게 붙들어 두려고 매스컴에 나오는 환상적인 여자들과 경쟁하거나 완벽한 몸매를 만들려고 애쓸 필요는 없다. 대신에 섹스에 관해 긍정적이고 수용적인 태도를 보여주는 것이 훨씬 효과적이다. 그렇지 않으면 남성들은 여성들의 거절이 두려워 자기 요구와 주장을 하지 못하게 되고, 결과적으로 남녀 모두 성적 만족을 얻지 못하게 되는 것이다.

가끔은 멋진 섹스를 가져라

섹스를 즐기려면 먼저 두 사람 사이가 원만해야 하지만, 가끔은 멋진 섹스를 가짐으로써 그들의 관계가 놀랍도록 좋아질 수가 있다. 실제로 사이가 좋은 부부일수록 섹스의 빈도가 높고 섹스에 더 많은 시간을 할애한다. 섹스에 대한 여자의 솔직하고 관대한 태도는 남자의 애정을 활짝 열어 놓을 수 있다. 간혹 섹스에 마음이 내키지 않을 때라도 남편과 성행위를 하고 나면 자신을 향한 그의 애정을 느낄 수 있다.

부부의 침실을 금단구역으로 만들어 실내 분위기를 관능적으로 꾸미는 것도 좋다. 침실은 에로틱한 그림으로 치장하고 옷도 선정적인 것을 입도록 한다. 그러면 권태감이나 성적 무기력은 어느 정도 방지될 수 있다.

그리고 부부가 함께 알아두어야 할 것은 자신들의 성생활을 비난하거나 남의 실례와 비교하지 말아야 한다는 것이다. 낭만적인 의식들은 하루아침에 이루어지는 것이 아니다. 남자는 여자가 좋아할 일들을 적극적으로 찾아보고 해주는 습관을 들여 나가고 또 여자는 그것에 대해 감사하는 마음을 표현할 때, 두 사람 사이의 낭만은 보다 자연스럽게 자리잡아 나갈 것이다.

부부가 좋아하는 성은 다르다

《레이디 경향》이 98년 11월호에서 남녀 100명의 기혼자에게 조사한 바에 따르면 남녀의 섹스에 대한 기호가 다음과 같이 나타났다.

섹스에서 제일 좋은 것, 중요한 것

남자 - 삽입, 펠라치오, 육체적 만족, 여자를 만족시키는 것, 정복감 등

여자 - 애무, 포옹, 키스, 사랑한다는 느낌, 일체감, 감정의 공유 등

남자는 성기에 성감이 집중되어 있으므로 성기와 직접 개입된 것, 즉 삽입이나 펠라치오 등을 통해 만족감을 얻고 심리적으로는 상대를 만족시켰나 하는 점을 중요시한다. 여자의 교성이나 표정에 민감하게 반응하는 것도 그런 이유이다. 상대의 성적 만족도를 끊임없이 확인하고 싶은 것이 남자의 마음이다. 이에 반해 여자는 삽입 자체보다도 좀더 포괄적인 것, 즉 애무나 키스 등을 통한 감정의 공유를

좋아한다. 행위 자체보다는 그로 인한 부드러움, 사랑, 신뢰 등이 더 매혹적인 성의 요소인 것이다.

요약하면 남자는 삽입 성교 중심의 섹스를, 여성은 성적 유희 중심의 섹스를 원한다고 할 수 있다. 남성들은 성생활이 곧 삽입 성교라는 고정관념에서 탈피할 필요가 있다.

여성지 《Queen》 98년 2월호에서는 '섹스 중 싫은 남편의 태도'를 다음과 같이 조사했다.

1. 남편이 나를 안고 애무하다가 '첫사랑과의 섹스는 어땠어'라고 물으면 신경이 머리에서 발끝까지 곤두서는 것을 느낀다.

2. 생리적 현상이지만 섹스 중 남편이 뀌는 방귀는 간혹 그 냄새와 소리 때문에 기분을 완전히 망치기도 한다.

3. 함께 비디오를 보다가 섹스를 하게 되면 남편은 나에게 신경을 집중시키는 것이 아니라 끝까지 비디오를 보는 습관이 있다.

4. 남편은 자신의 욕구에 따라 섹스를 하면서도 마치 나를 위해 커다란 봉사를 한 듯 가식적인 태도를 보이는 경우가 많아 정말 실망스럽다.

5. 평상시엔 무덤덤하다가 섹스를 할 때만 되면 정열적이 되어 친근한 척하는 남편을 보면 내가 과연 그의 아내인지 섹스 파트너인지 혼돈스러울 때가 많다.

6. 나에게만 피임을 강요하는 남편의 태도에 서운한 마음이 들 때가 많다.

7. 남편은 정신적으로는 날 사랑하고 있지 않다. 그럼에도 자신의 욕구

에 끌려 날 안으려 할 때는 침대에서 일어나 다른 방으로 가고 싶을 때가 많다.

8. 남편에게는 지금 다른 여자가 있다. 남편은 내가 그 사실을 모른다고 생각하고 있을 것이다. 하지만 한 달에 2번 정도는 꼭 섹스를 요구하는 남편을 보면 겉으로 철저히 완벽해 보이려는 태도에 혐오감이 끓어오른다.

9. 남편의 섹스에는 나에 대한 배려심이나 정중함 같은 것이 전혀 없다. 단지 일을 치르면 그만이라는 식으로 느껴져 씁쓸할 때가 많다. 아무리 살을 맞대고 사는 부부라도 최소한의 배려나 예의는 있어야 한다고 생각한다.

10. 섹스 중 남편이 흥분에 빠진 모습을 보면 더 이상 섹스할 마음이 없어진다. 평소와는 전혀 다른 분위기의 얼굴이나 성급함, 거친 숨소리, 짐승 같은 공격적인 태도. 솔직히 너무 품위가 없게 느껴져 차라리 섹스 없이 그대로 잤으면 좋겠다는 생각도 든다.

11. 술 먹고 들어온 날, 손도 몸도 씻지 않고 섹스를 요구해 올 때는 정말 당혹스럽다. 손에서는 니코틴 냄새, 입 속에는 술 냄새, 욕지기가 나서 섹스에 절대 응해줄 수 없다.

12. 남편은 아내의 성감대나 오르가즘 등에 대해 별로 관심이 없는 사람이다. 그럼에도 섹스를 할 때마다 비디오나 영화 등에서 본 자극적인 자세만 요구하고 있어 솔직히 섹스가 없는 결혼생활을 하고 싶다. 남편의 요구에 시달리다 보면 섹스가 즐거운 것이 아니라 말할 수 없는 고통이다. 남편은 내가 아무리 얘기해도 섹스가 시작되면 곧 자기 기분에 빠져 버리기 때문에 우리의 잠자리는 개선될 여지가 거의 없는 것 같다.

13. 남편은 콘돔 사용을 무엇보다도 싫어한다. 질외 사정을 원하고 있어 나는 늘 불안하다. 배란 주기에 섹스가 있으면 임신이 될까봐 솔직히 아무런 흥분도 느낄 수 없다. 피임약을 먹으면 위장 장애가 심하기 때문에 지금으로선 내가 수술을 받는 수밖에 없는 것 같다.

14. 남편은 왠지 섹스 중 다른 생각을 많이 하고 있는 것 같다. 어떤 때는 날 안고 있는 상태에서 다른 생각에 골몰하느라고 동작이 끊어지는 경우도 있다. 정신을 차리게 되면 남편은 미안해하며 다시 동작을 이어가려 하지만 나는 이미 감정이 식은 상태이다. 도대체 그는 나와 섹스를 하면서 무슨 생각을 하고 있는지 궁금하다. 본인은 회사일 때문이라고 말하지만 내 생각으로는 헤어진 첫사랑이 아닐지 모르겠다. 그렇다면 나는 대체 그의 뭐란 말인가? 결혼 초부터 지금까지 10년이 지났음에도 남편의 그 습관은 아직도 남아 있으니 말이다. 이제는 남편에 대한 애증으로 섹스를 하기 정말 힘들 때가 많다.

여자란 한 권의 책과 같다

이상을 보면 남자들이 얼마나 남성 위주의 섹스를 하며 여자를 제대로 배려하지 않고 있는가를 알 수 있다.

세계 최고의 바람둥이 카사노바는 수많은 여자와 관계하였지만, 여자를 배려할 줄 알았다. 그는 말한다.

여자란 한 권의 책과 같은 것이다. 내용이야 어떻든 간에, 첫 페이지부터 재미있다고 생각하면서 읽기 시작하여야 한다.

만일 남자가 한번도 부인 외에는 외도한 적이 없다고 하더라도, 평생 아내를 배려하지 않고 자신의 욕정 배출구로만 간주한다면 카사노바보다 못한 것이다. 아내에 대한 배려 없는 섹스는 자위행위와 같다. 단지 아내의 몸을 빌어 자위하는 것일 뿐이다.

여자는 충분한 전희와 행위 후의 친밀감을 중요시하기 때문에 지나치게 동물적인 섹스나 파격적인 섹스에 대해 다소 혐오감을 가진다. 포르노에 나오는 포즈보다는 편안하고 다정한 느낌을 좋아한다는 것을 명심해야 한다.

남자가 싫어하는 것은 수동적이며 의무감으로 대해주는 것, 상대의 비난, 짧은 시간, 밋밋한 섹스 등이 있다. 이런 점은 부부가 대화를 통해 논의할 필요가 있다.

섹스에 관해 대화하라

세계적인 카운슬러 멕기니스 박사는 말한다.

나는 결혼한 부부의 대부분이 성 문제를 놓고 토론해 본 적이 한 번도 없다는 사실에 매우 놀랐다. 거의 25년이나 부부 생활을 하면서도 성생활에 관해 이야기를 나눈 적이 없다는 것이다. 그러나 결혼한 부부는 섹스에 관해 의논하는 것에 당황해서는 안 된다. 그 대신 그들은 성교 시나 성교 후에도 그들의 느낌에 대해 자연스럽게 대화해야 한다.

섹스는 요리와 같다고 할 수 있지 않을까? 음식을 먹고 난 뒤, 맛이 없으면 새로운 재료를 추가하든지 요리 방법을 바꾸어야 다음에 맛있는 음식을 먹을 수가 있는 것이다. 맛없는 음식을 평생 먹는다는 것은 얼마나 지겨운 일인가!

그러나 대부분의 부부가 음식에 대해서는 말들이 많지만, 성에 관해서는 입 밖에 내지 않는다. 여성의 경우 요부 소리 들을까봐, 남성의 경우 체면 때문에 그렇게 하는 것이다. 그러다가는 계속 맛없는 요리를 먹을 수밖에 없다.

그러나 우리가 솔직하고 온전하게 자신의 느낌을 드러낼 때 성생활은 상상할 수 없을 만큼 고조될 수 있다. 그러면 즐거운 시간이 더 연장될 수 있다.

다음과 같은 솔직한 대화를 통해 새로운 작품을 만들어 보라.

"당신은 나와의 섹스에서 어떤 점이 마음에 들어요?"

"내가 그렇게 하면 어떤 느낌이 드나요?"

"섹스는 일주일에 몇 번 정도가 적당하다고 생각하시오?"

"내가 전희에 좀더 많은 시간을 들이기를 바랄 때가 있나요?"

"다음에 섹스를 할 때 내가 특별히 해주기를 바라는 것이 있소?"

"당신이 원하는 새로운 애무 방식이 있나요? 있다면 어떻게 하는 것인지 내게 좀 보여줄래요?"

"우리가 한 번도 해보지 않은 것 중에 당신이 해보고 싶은 것이 있나요?"

"섹스를 할 때 내가 늘 하는 행위 가운데 시간이나 횟수를 좀더 늘렸으며 하고 바라는 것이 있나요?"

에로티시즘의 6가지 센스

성행위는 하나의 종합예술작품이라 할 수 있다. 성행위도 바둑처럼 급수가 있다고 할 수 있지 않을까? 센스가 풍부한 사람들은 보다 만족한 성생활을 영위한다. 급수가 낮은 섹스는 식욕을 채우기 위해 제대로 요리되지 않은 엉터리 음식을 게걸스럽게 먹어치우는 것과 같다. 여기서는 먹고 먹히는 관계가 성립한다.

그러나 차원 높은 섹스는 정성스럽게 만든 훌륭한 요리를 서로가 음미하면서 즐기는 것이다. 남녀는 화가처럼 성의 기본 색채를 익혀 알아 그것을 잘 조화시켜 새로운 예술작품을 탄생시킬 수 있는 실험정신을 지녀야 한다.

연인을 자극하는 수많은 방법들이 있다. 서로 바라보고, 만져주고, 어떤 말을 하고, 서로 맛을 보거나 냄새 맡는 것에 이르기까지 다양한 방법들이 있다. 인간의 오감, 즉 시각, 후각, 청각, 미각, 그리고 촉각 등 각각의 감각을 의도적으로 집중시키는 능력은 당신의 연인과 함께 성적인 경험의 극치를 체험할 수 있게 할 것이다.

시각, 에로틱한 사진을 찍어 보라

우선 주위 환경이 시각적으로 깨끗해야 한다. 불결한 방이나 침대는 성감을 떨어뜨린다. 서로의 눈을 보면서 사랑을 확인하라. 따뜻하고 사랑스럽게 서로를 바라보라. 옛날 로맨스 영화를 보면서 낭만적인 분위기를 만들 필요가 있다. 영화 속의 연인들의 모습을 보면, 그들처럼 연인을 향한 사랑의 감정에 젖어들 수 있다.

많은 커플들이 분위기의 고양을 위해 애정물을 본다. 성인비디오를 사거나 빌릴 때 부끄러워하지 말라. 아주 많은 커플들이 에로틱한 필름을 이용하고 있다. 서구에서는 직접 비디오를 찍고 나중에 보는 커플들도 많다. 감독이 되어 보는 것이다. 서로의 애정을 찍는 것이다. 연인과 당신의 많은 부분을 함께 보고 즐기는 것이다. 이러한 젊은 시절의 작품은 무엇보다 소중한 낭만의 기록이 되는 것이다.

그러나 우리의 경우 최근 오모 씨의 비디오 사건처럼 되어서는 안 된다. 문화평론가 김지룡의 말처럼 남의 일기를 훔쳐본 사람들이 나쁘지 일기 쓴 사람의 잘못은 아닌 것이다.

상대방에게 다소 야한 속옷이나 맨살을 살짝 보여줌으로써 상대방을 애태우는 것도 좋은 방법이다. 보기만 하는 게임을 하면서 상대방에게, 볼 수는 있지만 만질 수는 없다고 말한다. 무언가 새로운 포즈를 잡고 연인을 시각적으로 자극하거나 특별한 의상으로 자극한다. 어떤 스타일이, 어떤 색상이 잘 어울리는지 찾아본다.

시각을 즐기는 가장 직접적인 방법은 거울을 이용하는 것이다. 연인과 뜨겁게 키스하는 것을 보고 즐거움을 나타내는 자신의 얼굴을 바라보라. 사랑에 찬 표정으로 본다면 상대방에게 특별한 선물이 된다.

상대방의 사진을 찍음으로써 상대방을 객관적으로 볼 수 있게 된다. 플래시 대신 은은한 불빛 속에서 찍는다. 사진을 찍는 것은 당신의 시각적 감각을 집중시켜 준다. 잡지에서 본 섹시한 포즈를 흉내내보라. 다음에 상대방에게 당신을 찍는 기쁨을 주라. 여자의 에로틱한 사진을 찍는 것은 이상한 일이 아니다. 그러나 남자를 찍는 여자도 즐겁다는 사실을 인식하라. 에로틱한 장면을 위해 전문가일 필요는 없다. 기본적인 장비만으로도 재미있고 만족스러우면 되는 것이다. 함께 에로틱한 사진도 만들어 볼 필요가 있다. 이러한 사진은 당신의 노후에 멋진 추억거리가 될 수 있을 것이다. 단 보관상 유의를 할 필요가 있다.

후각, 당신 냄새를 맡게 하라

《레이디 경향》 99년 12월호 앙케이트 조사에 따르면 남자 100명의 응답자 중 상대방 여자에게 섹스중 환멸을 느낀 적이 있는 사람이 99명이나 되었다. 그 이유 중의 28%는 여자의 냄새, 구취, 체취 때문이었다고 한다. 조사는 안 해봤지만 남자에 대한 여자의 반응은 더 심할 것이다.

우리는 수많은 향기를 구별할 놀라운 능력이 있다. 하지만 습관적으로 무디어져 있는 것이다. 코세포에는 냄새를 맡고 뇌로 보내는 유전자가 있다. 상대방에게 자신 고유의 냄새를 맡게 한다면 그의 감정은 고조되어진다. 이러한 향기는 당신과 파트너를 친밀감으로 연결한다. 후각에 의한 관능미는 뇌에 오랫동안 새겨진다. 특별한 향기를 나눔으로써 서로서로 감정을 고조시키는 것이다.

후각미에 집중하도록 눈가리개를 하여 서로가 나누는 향기가 무엇인지 추측하게 하는 방법도 있다. 상대가 좋아하고 잘 느끼는 냄새들이 있다. 당신 몸의 향기와 섞인 음식의 향기를 나누어 먹는 것도 좋다. 초콜릿 같은 달콤한 냄새로도 시도해볼 수 있고, 꽃과 같은 향기도 좋다. 그러한 경험은 오랫동안 기억된다. 그러나 대부분의 향기는 약간만 나도 멀리 퍼진다. 그러므로 너무 강한 향기로 상대방을 질리게 하지는 마라.

후각은 감정과 마음의 상태, 심지어 건강까지 바꿀 수 있다. 많은 사람들이 향기요법을 사용한다. 이것은 식물에서 캐낸 오일과 꽃을 무드를 고조시키기 위하여, 또는 여러 치료법에 사용하는 것이다.

특별한 향기는 특별한 효과가 있다고 한다. 카밀레는 두통에 좋고, 생강은 갈증을 덜어주며, 오렌지 꽃은 활기 있게 해준다. 그 기름을 증류수에 섞어 공기 중에 뿌리거나 베개 끝에 뿌릴 수 있다. 최음제로 알려진 향기로운 샌들우드, 생강, 장미, 자스민, 바츌리 등의 향기는 방안에 직접 뿌릴 수 있다. 또는 목욕 오일로 사용하든지 약간의 오일을 피부에 바를 수도 있다.

좋아하는 몇몇 오일을 섞어 자신만의 향기를 만들어 보라. 당신이 고른 향기의 조합과 마사지의 따뜻한 느낌은 당신과 상대방에게 깊은 만족의 기쁨을 선사할 것이다.

청각, 옷을 벗을 때 내는 소리

인간의 목소리는 관능적인 연상을 일으킨다. 상대방의 목소리를 들으며 상상하는 데서 큰 기쁨을 얻을 수 있다. 당신의 목소리는 연인을 자극시키는 강력한 도구이며, 전화는 중요한 매체이다. 전화로 이야기하는 것은 연인들이 떨어져 있을 때 성적 교감을 나누는 멋진 방법이다. 부끄러워하지 말고 유혹하는 역을 해보라.

낯선 사람에 대한 성희롱 전화는 왜곡된 현상이다. 그러나 사랑하는 사이의 에로틱한 전화는 상대방의 대답에 따라 큰 기쁨을 맛볼 수 있다. 남자의 성적 자극이 주로 시각에 의존하는 반면, 여성은 청각에 반응한다. 말하거나 속삭여 주기를 바라는 욕구를 억제하지 말라.

얼마만큼 큰 소리로, 또는 속삭여 말하는지가 중요하다. 낮고 온화한 톤으로 천천히 말하는 연습을 하라. 상대방에게 감정을 집중시키고 서로에게 느끼는 친밀함을 당신 목소리에 반영하라.

청각을 집중시키는 것은 듣는 기쁨을 즐기는 것이다. 바스락거리는 소리, 옷을 벗을 때 상대가 내는 소리를 들어 보라.

배경음악은 무드에 좋다. 상대가 좋아하는 음악이나 고전적 사랑의 음악을 틀어라. 당신 고유의 무드를 위해 자신의 음악을 개발하라. 서로 말하는 것, 가쁘게 숨쉬는 것, 신음하고 소리지르는 것 등의 소리는 성적 기쁨에 새로운 범위를 더한다. 상대에게 말하고, 상대를 칭찬하고, 감정을 함께 나누어라. 때로는 말없이 신음소리 같은 것만으로도 상대에게 기쁨을 전하는 최고의 의사소통이 될 수 있다. '당신 너무 멋졌어'라고 말하라.

미각, 혀끝으로 상대의 몸을 맛보라

우리의 입은 사랑할 때 접촉하는 데 사용된다. 혀끝을 사용해 상대의 몸을 살며시 맛보라. 살짝 맛보면서 피부를 느끼고 다음엔 더 정열적으로 그렇게 하라. 혀를 이용한 피부의 맛이 어떻게 다른가 살펴 보라.

부엌은 미각에 완전히 집중할 수 있는 세상이다. 매일 먹는 음식은 다양한 맛을 느낄 수 없다. 새로운 방법으로 음식을 경험하라. 기회를 만들어서 음식을 갖고 노는 것은 우리를 어린 시절로 되돌려준다. 음식을 선택할 때는 음식의 맛뿐만 아니라 냄새, 감촉, 색상, 크기도 고려하라. 미약으로 알려진 식사 준비를 해보라. 굴이나 해물은 아연 함량이 높아 남자의 정력에 좋다고 한다. 서로에게 전념하여 보다 미각에 집중함으로써 성적 경험의 범위를 넓힐 수 있다.

촉각, 민감한 곳을 애태워라

사람은 누구나 접촉의 경험을 갖는다. 그러나 이 감각을 분리하여 집중하면 기쁨은 더 커진다. 우리 피부에는 미세한 진동에도 민감하고 감정에 영향을 주는 감각의 집합이 있다.

생체 리듬은 체온의 리듬으로 안다. 손발이 차다면 스트레스 상태이다.

긴장을 푸는 생각을 하고 서로를 만져주고 따뜻해지는 자신을 느껴라. 촉
각을 느끼려면 보통 하지 않는 방법으로 접촉할 기회를 만들어라. 서로의
머리를 감겨주고 관자놀이를 마사지해 주라. 비누를 묻힌 피부의 감촉을
서로 느껴 보라.

목욕중 찬물로 자극하라. 접촉에 민감한 곳을 애태워라. 평소 혼자 하던
일을 상대방을 위해 함께 해주라. 서로 이를 닦아주거나 루즈를 칠해 주는
것도 좋다. 면도를 해주라. 요점은 서로 주목하는 데 있다. 각자에게 몸치
장은 가장 사적인 일이라고 할 수 있다. 매일의 의식을 하는 것은 큰 기쁨을
준다. 친밀함과 믿음을 더해줄 수 있다. 장난도 잊지 말 것. 장난은 친밀한
사랑법이다. 단 상대가 같은 기분인가 확인하라.

오감의 결합, 감각적 경험의 극치

지금까지 분리하여 각 감각을 분석했다. 사랑의 절정을 위해 모든 감각
을 결합시켜야 한다. 감각적 경험의 극치를 위해 특별한 시간을 만들라. 모
든 감각을 동원하여 서로 만족시킬 수 있는 환경을 만들라.

향이나 초는 낭만적 향기를 제공한다. 좋아하는 음식을 조금씩 먹고, 멋
진 공간을 꾸미고, 멋지게 보일 옷으로 치장하라. 불빛도 중요하다. 형광등
아래의 사랑은 피하라. 형광 빛은 사람을 신경과민으로 만든다. 핑크나 오
렌지 같은 따뜻한 색깔의 등은 피부색을 돋보이게 해주며 따뜻하고 섹시하
게 해준다.

귀를 즐겁게 할 수 있는 음악과 술의 맛도 좋다. 천천히 감각적으로 움직

이면 자신이 섹시하게 느껴진다. 상대에게 자신의 느낌을 말하고 신호를 보내라. 서로 웃어라. 웃음은 엔돌핀을 방출하고 기분을 고조시킨다. 깊은 심호흡을 해보라. 깊은 숨쉬기는 산소를 증가시켜 행복의 상태를 증대시켜 준다.

표정, 접촉, 대화, 이런 감각들의 조합은 최대의 성적 도구로써 상대를 흥분시키는 힘을 준다. 음식에, 대화에, 향기에, 접촉에 강력한 감각을 이용하라. 마침내 모든 감각을 조합할 때, 확실한 성적 만남을 즐기게 되는 것이다. 사랑이 끝난 후까지도 함께 누워 이야기하고, 나눠 마시고, 서로 만져줄 것. 이제 당신은 감각의 분리를 사용해 연인을 자극하는 끝없는 방법을 만들어 낼 수 있고, 자신도 극치를 즐길 것이다. 연인을 자극하는 능력으로 당신은 비길 데 없는 기쁨과 희열을 느낄 것이다.

남자가 포르노를 보는 이유

여성은 남성의 누드 사진에 대해 특별히 재미있다고 생각하지 않는다. 그러나 남성들은 여성의 누드에 흥분하고, 그 여자와 자면 얼마나 좋을까를 공상한다.

포르노에는 획득하기 위한 유혹도 없고, 거절당할 염려도 없다. 성적 경쟁자도 없기 때문에 실제 상황에서는 감히 엿보기 힘든 미녀의 자태를 보고 마음이 황홀해지며 성적 만족을 얻게 된다.

남자들은 《플레이보이》, 《펜트하우스》와 같은 잡지나 포르노 물에서 에로티시즘을 찾지만, 여자들은 핑크로맨스 시리즈, 스타의 스캔들, 메이크업, 무용, 체조, 모피옷, 향수 따위에서 에로티시즘을 찾는다고 한다. 여성이 핑크로맨스를 읽으면서 간통의 의사체험을 하는 것은 남자가 포르노를 보면서 마스터베이션에 몰입하는 것과 비슷하다고 한다. 그래서 여성들은 소설 《메디슨 카운티의 다리》의 프란체스카도 되어 보고, 인기 드라마 《애인》의 황신혜도 되어 보는 것이다.

어느 여성 패션모델은 패션쇼에 출현할 때마다 황홀한 성적 오르가즘을 느낀다고 말한 바 있다. 어떤 여성들은 에어로빅을 할 때 오르가즘을 느낀다고 한다.

화장품 산업 쪽은 이러한 여성 에로티시즘의 근원을 잘 알고 있으며, 그리하여 로션, 마사지 용품, 향수 등의 상품을 생산하는 것이다.

이러한 것들은 남녀 모두 귀찮은 현실을 배제하고 희망을 바로 이루도록 해준다. 남성용 포르노는 에티켓이나 사랑해달라고 하는 여자의 바람 따위는 개의치 않는다. 핑크로맨스도 장애, 의심, 책임을 문제삼지 않는다.

그러나 성인들이 음성적으로 보는 포르노는 대부분이 서양의 포르노이다. 단순한 삽입과 테크닉 위주의 포르노는 남성에게는 '페니스 우상주의'를 심어줄 수 있다.

다음은 어느 정신과 의사의 상담사례이다.

한 신혼주부가 자기 부부의 성생활이 비정상적인 상태라고 호소해왔다. 신혼 초에 남편이 포르노 비디오를 빌려와 함께 자주 감상했는데, 남편은 비디오에 나오는 장면대로 흉내를 내보려고 노력했다는 것이다. 그런데 제대로 안 되자 점차 열등의식에 사로잡혀 최근엔 아예 성생활을 포기해 버리고 말았다는 것이다. 또한 자기도 포르노 여배우처럼 성적 기교를 부리지 못하는 데에 열등감을 느꼈고, 비디오에 나오는 여배우처럼 오르가즘을 느끼고 싶지만 남편이 못 따라와 실망하고 있으며, 지금은 둘 다 섹스를 완전히 포기한 상태라는 것이다.

비디오에 나오는 장면은 연출한 것이고 여러 번 편집한 것이다. 또한 목소리도 성우가 따로 녹음한다고 한다. 이런 장면을 완벽하게 따라한다는 것은 변강쇠와 옹녀 아니면 거의 불가능할 것이다. 보통의 여자가 슈퍼모델의 매력에 기죽을 필요 없듯이 비디오의 장면에 기죽을 필요 없다. 비디오에 나오는 인위적이고 연출된 섹스 장면을 계속 모방하려고 하면 진정한 성생활의 의미를 찾지 못하고 테크닉의 노예가 되어 버릴 위험이 많다.

여성을 모독하는 포르노

음란물을 많이 보는 경우는 이성교제의 양상도 변한다. 가벼운 신체접촉보다는 키스, 애무 및 실제 성 관계와 같은 깊은 수준의 교제로 나아갈 가능성이 많다.

그리고 음란물을 자주 접하면 남성 우위의 전통적 성 역할 태도를 가질 가능성이 많다. 여성이 복종적, 수동적 그리고 소극적인 특성을 가지는 것으로 이해하게 된다는 것이다.

특히 청소년들은 포르노를 통해 여성을 가슴, 엉덩이 등 일부 신체로만 인식하게 되고, 여성도 겉으로 표현하는 것과는 다르게 항상 성 관계를 원하고 있다고 생각하게 된다고 한다. 또한 음란물을 주 1~3회 이상 상습적으로 보는 청소년의 경우 혼전 성 관계를 보다 긍정적으로 보며 낙태에 관해서도 관대하게 된다.

물론 긍정적인 측면도 있다. 포르노 비디오를 적절하게 보면 부부 생활을 자극할 수 있는 보완 효과가 있으며, 또한 성교를 자위행위로 대체시키는 대체효과도 있다.

성애를 다룬 작품과 포르노는 다르다. 성애를 다룬 작품은 여성을 찬양한다. 성애를 찬양한다. 그러나 대부분의 포르노는 여성을 모독하고 섹스를 추하게 묘사한다.

여자는 노출하고 남자는 엿본다

프랑스 여성은 가슴을, 브라질 여성은 엉덩이 노출을 즐긴다고 한다. 그리스 · 로마인은 남녀 모두 얇은 천으로 된 의상으로 육체의 일부를 보일 듯 말 듯이 하면서 육체의 곡선이 그대로 드러나는 옷을 즐겼다. 중세의 여성은 코르셋으로 허리를 가늘게 조이고, 유방을 치켜올리고, 목 둘레 선을 깊게 파서 가슴과 어깨를 노출시켰다.

1920년대에 이르러 짧은 치마의 출현으로 무릎 아래의 종아리가 노출되었다. 60년대에는 미니 스커트와 토플리스 수영복으로 인해 다리는 가슴, 허리, 엉덩이 등과 함께 성적 어필의 대상이 되었다.

현대 패션에는 복부와 배꼽, 유방, 엉덩이 등 신체 어느 부위든지 과감한 노출로부터 면제되는 곳은 없다.

노출의 미학은 옷을 통한 육체의 가림과 드러냄을 통해 육체의 관능미를 은근하게 또는 노골적으로 나타낸다. 노출의 방법에는 노골적인 피부 노출과 실루엣처럼 드러나는 비침이 있고, 밀착을 통한 육체의 노출 방식이 있다. 현대에 와서는 얇은 드레스, 그물, 망사

등 투명소재의 옷감으로 육체의 특정 부위나 전체를 비치게 하는 간접 노출이 많다. 가죽, 진 등 스트레치성 소재를 육체에 밀착시킴으로써 육체의 선을 노출하기도 한다.

노출 부위에 따른 성적 의미를 살펴보자.

여성의 가슴의 강조와 노출은 모성애, 풍만함, 생명, 다산 등의 성적 의미를 갖는다. 여성의 유방은 남성에게 시각적, 촉각적, 성적 자극을 주며 유방에 대한 키스는 성기 숭배의 현상으로 간주되기도 한다.

가는 허리의 노출은 여성의 심약성과 우아미를 표현한다. 특히 배 부위의 노출 중 배꼽은 성기의 대치 부위로 간주된다.

등 부위의 노출은 60년대 이후 등장한 것인데 그 범위가 넓거나 허리 아랫부분으로 내려갈수록 섹시함을 준다. 등 노출은 둔부를 노골적으로 드러내지 않는 데 그 포인트가 있다.

어깨 끈이 없는 드레스로 드러나는 어깨와 팔은 매혹적인 에로티시즘을 발산한다.

엉덩이는 다산과 풍요의 생식 기능을 상징한다. 허리와 대조되는 크고 돌출한 형태가 성적 관능을 자극한다. 특히 하이힐을 신어 받쳐진 엉덩이는 성적 매력을 더해준다. 60년대의 미니 스커트와 80년대의 밀착된 핫팬츠, 진바지는 걸을 때 움직임에 따라 둔부에 탄력적 율동을 주어 강한 에로티시즘을 부각시킨다.

허벅지 부위의 노출은 은밀한 곳에 가깝기 때문에 성적 어필이 강하다. 그리고 미끈하고 긴 다리는 걸음걸이나 포즈에 따라 성적 자극을 주기도 한다. 긴 치마 사이로 살짝 보이는 여성의 다리나 드레스에 의한 엉덩이에서 다리까지의 신체선 노출은 관능적인 분위기를 더해준다. 몸에 밀착된 진과 같은 바지는 사타구니와 외음부의 형상을 적나라하게 드러내어 강력한 색정을 일으키기도 한다.

남성보다 여성의 의상에서 노출의 성적 표현이 많은 이유는 남성과는 달리 여성의 성감대는 널리 퍼져 있기 때문이라고 한다. 신속한 여성 패션의 변화는 여성의 육체를 성적 대상으로 바라보며 한 부위의 노출에 싫증을 느끼는 가부장적 사회 남성의 변덕스런 관음적 시각이라는 주장도 있다.

의상학자 플뤼겔은 여성 패션의 성적 매력의 표현은 나르시시즘과 관련된다고 한다. 남근이 없는 여성은 자신의 육체를 아름답게 보이고자 하는 욕망으로 신체 노출에 민감하고 에로틱한 옷에 나르시즘적 성향을 보인다는 것이다.

영화나 드라마는 일종의 훔쳐보기

여성의 노출 본능 못지 않게 남성의 관음적 본능이 옷의 성적 어필에 한 몫 했다. 남성은 여성의 노출증을 바라보면서 즐긴다. 관음증은 다른 사람의 성행위를 엿보거나 에로틱한 장면을 보고 성적 흥분을 느끼는 증상이다. 다른 사람의 성행위나 나체를 보면서 성적인 느낌을 갖는 것은 자연스런 심리 상태이다. 영화나 드라마는 근본적으로 인간의 관음적인 욕구를 바탕으로 한다고 할 수 있다.

그러나 관음증이 도착증의 수준에 이르면 '훔쳐보기' 가 성적 만족의 주요한 혹은 유일한 수단이 되어 폭력적이며 파괴적으로 될 수 있다.

남자에게 관음증이 강한 것은, 성행위 시 에너지 소모가 많기 때문에 직접적인 성행위보다는 에너지 소모가 적은 엿보기를 좋아하기 때문이라고 한다. 특히 스트레스가 많은 현대 남성들과 나이가 든 사람일수록 실행하기 편한 '보고 즐기기'를 택하는 것이다.

금기는 인간 문명의 산물이다. 문명화된 사회일수록 금기사항과 억압적 요소가 많다. 인간은 절제 있고 정숙하게 보이기 위해 성기와 성감대를 옷으로 가렸고 노출은 금기사항이 되었다. 그러나 인간의 본능은 문명의 금기를 위반하고 싶어한다. 옷 속의 성감대를 노출시키고 싶고 또 그것을 엿보고 싶어한다.

여성 육체의 노출을 여성 육체의 해방으로 보는 관점도 있다. 사실상 금기는 남성 위주, 지배계층을 위한 제도라 할 수 있다. 그래서 60년대에는 미니 스커트가 여성 해방의 의미로 간주되기도 했다.

동물도 매춘을 한다

　매춘은 인간만의 현상이 아니라고 한다. 인류학자들의 관찰에 의하면 난쟁이 침팬지들에게는 섹스가 거의 일상의 오락이다. 암컷들은 발정기와 관계없이 섹스를 하며, 대부분의 월경주기 동안에도 섹스한다. 암컷들은 섹스를 뇌물로 이용하여 수컷 친구들을 매수한다. 가령 수컷 하나가 사탕수수를 먹고 있다면 그 곁에 앉아서 사람들처럼 손바닥을 내민다. 그리고는 애원하는 눈길로 그 맛있는 먹이를 바라보면서 수컷을 향해 뒷걸음질을 친다. 수컷은 암컷의 간절한 눈길을 의식한다. 이윽고 수컷이 먹이를 주면 암컷은 엉덩이를 내밀고 수컷과 교미를 한 다음, 사탕수수를 손에 들고 어슬렁어슬렁 돌아간다.

　암컷이 다른 암컷을 매수할 때도 비슷한 수단을 쓴다고 한다. 다른 암컷이 사탕수수를 먹고 있으면, 그것을 얻어먹기 위해서 상대의 주위를 빈둥거리다가 상대와 얼굴을 맞대며 팔 위에 올라가서 두 다리로 상대의 허리를 감고 서로 생식기를 비벼댄다. 또한 수컷과 수컷의 동성애와 구음(口淫, 펠라티오)도 이루어지고 있다.

난쟁이 침팬지들은 숲 속을 돌아다니는 동안에 긴장을 풀기 위해서, 혹은 압박감에서 벗어나기 위해서, 혹은 먹이 시간에 더 맛있는 것을 얻기 위해서, 그리고 또 불안한 재회 기간 동안의 우정을 확인하기 위하여 교미에 몰입한다고 한다.

헬렌 E, 피셔는 '싸우지 말고 서로 사랑하자'가 난쟁이 침팬지들의 생활 철학이라고 말한다. 난쟁이 침팬지들은 교미에 앞서 종종 서로의 눈을 뚫어지게 바라본다. 또한 인간과 마찬가지로 서로 팔짱을 끼고 걷는가 하면, 서로 손과 발에 키스도 하며, 서로 껴안은 채 길고 깊숙하게 혀를 들이미는 프랑스식 키스도 주고받는다.

케임브리지 대학의 피오나 헌트 박사와 오타고 대학의 로이드 데이비스 박사는 남극 펭귄의 성생활을 조사한 결과 펭귄 수컷들이 자신의 짝이 아닌 암컷들과 성 관계를 갖는 대가로 '화대' 격인 자갈과 돌멩이를 지불하는 현상을 발견했다고 한다.

자갈과 돌멩이는 새끼를 위한 둥지를 짓는 데 쓰이는데 빙판에서는 매우 귀하다고 한다. 그래서 암컷들은 돌멩이를 구하기 위한 전략으로 다른 수컷 둥지에 접근, 머리를 숙이고 수줍은 눈빛으로 구애 신호를 보낸다. 수컷이 관심을 보이면 암컷이 엎드림으로써 혼외정사를 벌인다. 그런 다음 암컷은 돌을 들고 자신의 둥지로 되돌아간다. 헌터 박사에 따르면 어떤 괄괄한 암컷은 이런 방법으로 62개의 돌을 모았다고 한다. 그는 아마도 암컷들은 돌을 구하기 위해서 뿐만이 아니라 후손들의 다양성과 종의 우수성을 위해 남아도는 수컷들과 짝을 짓는지도 모른다고 말했다.

매춘은 주로 남성들이 이용한다. 남자들은 왜 그렇게 즐겨 유흥업소에 출입하는가? 그것은 책임질 필요 없이 심리적 부담 없이 생리적 욕구를 방출하기 위해서이다. 아내가 있어도 성적으로 만족하지 못하는 상당수의 남성들이 유흥업소에서 욕구를 해소한다. 남자가 비싼 돈을 내며 유흥업소에 가는 것은 아내에게 부족한 신선한 매력과 아내하고는 만족할 수 없는 자유분방한 성에 대한 매력이 숨겨져 있기 때문이다.

매춘에 대한 남성들의 고백

《여성중앙》 1998년 12월호 조사를 요약하면 다음과 같다.

매춘을 하고 죄책감을 느끼는 남성은 많지 않다. 단순한 욕구 해소로 생각하기 때문이다. 매춘을 이용하는 계기는 응답자 744명 중 '스트레스나 성적 욕구를 풀기 위해서'가 51.3%, '회식이나 단합모임 등의 분위기에 휩쓸려서'가 25.7%, '업무접대 차원에서'가 11.4%, '업소 여성이 더 적극적으로 나와서'가 10.1%로 나타났다.

업소별로 볼 때 퇴폐이발소 · 안마시술소 · 증기탕은 '스트레스나 성적 요구를 풀기 위해서'라고 많이 답한 반면, 단란주점 · 유흥주점 · 티켓다방은 '회식이나 단합모임 등의 분위기에 휩쓸려서'라고 많이 응답했다.

여기서 보면 여성의 성이 남성의 접대 문화에 이용되고 있다는 사실을 알 수 있다.

그 중 남성 2명의 고백은 다음과 같다.

매춘은 성적 욕망이나 스트레스를 풀기 위해서 하는 것이지 그 이상도 그 이하도 아니다. 솔직히 매춘은 사랑이 없는 관계이기 때문에 별 죄책감이 없다. 아내가 채워주지 못한 불만족 때문에 이런 여성을 찾을 때도 있다. 가장 중요한 것은 성욕을 자제하는 것보다는 푸는 것이 건강이나 사회 생활에 도움이 된다는 것이다.

매춘은 가끔 필요할 때가 있다. 사회 생활에 있어서 스트레스가 많이 쌓이면 별다르게 해소할 방법이 없는데 매춘을 이용해서 스트레스를 청소한다. 매춘을 한다고 해서 사회적으로, 도덕적으로 문제가 될 건 없다고 생각한다.

이상의 경우를 보면 매춘은 우리 사회에서 일부 남성에게 있어서는 자연스런 현상이며 필요악으로 해석된다. 그러나 술집에서 젊은 여성을 찾는 남자들이 집에 와서 딸이 늦게 들어왔다고, '다 큰 처녀가 밤중에 늦게 다니느냐'고 말하는 것은 모순이다. '자기가 이용하는 성'과 '자기가 보호하는 성'은 똑같은 여성인 것이다.

이러한 기혼남자의 매춘 이용의 원인 중 하나는 부부의 성을 제대로 이해하고 즐기지 못하기 때문이라고 할 수 있다. 또한 유흥업소나 금전이 개입된 섹스에 깊이 빠질수록 정상적인 남녀 관계는 더욱 어렵게 되는 것이다.

남자도 매춘을 한다. 그러나 여자처럼 '육체의 매춘'은 드물다. 남자의 매춘은 '양심의 매춘', '영혼의 매춘'이다. 여자는 먹고 살기 위해 육체를 팔지만, 남자는 부와 권력과 성공을 위해 양심을 팔고 비굴하게 사는 것이다. 정치인이 자신의 권력욕을 위해 지조 없이 철새처럼 옮겨 다니는 것은 '영혼의 매춘'에 다름아니다.

'육체의 매춘'과 '영혼의 매춘', 어느 것이 더 나쁜 것일까?

자위와 성적 공상은 자연스런 일이다

인기 비디오 '누들 누드'의 원작자 양영순은 한 여성잡지에서 다음과 같이 고백한다.

남자란 정기적으로 배출하지 않으면 죽을지도 모르는 동물이라 생각한다. 한동안 사정하지 않으면 매사에 짜증이 난다. '금욕' 기간이 더 길어지면 폭력적으로 변하기도 한다. 남자들 세계에서 자위행위는 목욕을 하거나 머리를 자르는 것처럼 자연스럽고 일상적인 일이다… 결혼 후에는 자위행위를 안 할 줄 알았다. 그러나 아내가 피곤하다든지, 성 관계가 불가능한 시기를 맞으면 자위행위는 습관적으로 생활에 끼여들었다. 아내와의 성 관계보다 자위행위가 더 만족스러운 때도 있다. 자위행위는 힘들이지 않고 쉽게 '배설'하기 때문인 것 같다. 그런데 약간의 문제가 생겼다. 아내가 나의 자위행위를 알고 상처를 받은 것이다. 아내는 자신의 존재 이유가 무엇이냐고 반문하면서 자존심이 상했다고 말했다. 또 나를 동물 보듯이 대하기

도 했다. 아내의 입장에서 생각해보니 기분 나쁠 수도 있겠다 싶었다. '나'
를 이해시킨다는 마음으로 차근차근 설명했다. 이제는 아내도 인정하는 것
같다.

  자위 자체는 결코 비정상적이거나 병적인 것은 아니다. 자위행위의 빈도
는 나이가 듦에 따라 줄어들지만, 80대 노인에게도 나타나는 자연스러운
행위이다. 고대에서 중세에 이르기까지는 자위행위를 하는 사람을 죄인 취
급을 한 적도 있었고 근대에 와서는 정신적·신체적 질환으로 취급하였다.
그러나 오늘날에 이르러서 이제 자위행위는 누구나 인생의 어느 단계에서
도 할 수 있는 정상적인 것으로 간주되고 있다.

교육 수준 높을수록 자위행위 많이 해

  1948년 킨제이는 5300명의 남성과 5940명의 여성의 성행위를 조사해서
관념적으로 비정상적이라고 생각했던 자위행위, 성적 환상, 다양한 자세가
보편적임을 밝혔다. 그에 의하면 92%의 남성들과 62%의 여성들이 자위행
위를 하고 있다고 했다. 여성의 경우는 자위행위가 성적 쾌감을 얻는 제일
의 근원이며, 교육수준이 높고 상류층 여성일수록 더욱 보편화되어 있다고
말한다.

  자위행위를 하면 머리가 나빠진다고 말하는 경우가 있는데, 그런 염려는
안 해도 된다. 자위행위로 사정하는 순간 멍하니 머리가 텅 비는 느낌은 머
리가 나쁜 남자나 좋은 남자나 똑같이 느끼는 현상이기 때문에 겁을 먹거

나 걱정할 필요가 없다.

자위행위는 성적 만족을 위해 매우 안전한 행위이다. 그러나 중독이 심하면 자기 자신의 성적 욕구 추구 과정에서 자신을 인격으로 보기보다는 에고의 노예로 수단화시킬 위험성이 있다. 또한 정상적인 성생활로는 만족하지 못할 수도 있다.

어린 시기의 자위행위 여부는 성년기의 성적 적응과 무관하다고 한다. 자위행위는 청소년들에게 자신의 성적 반응을 학습하면서 성 심리를 발달시키는 중요한 기능을 한다.

교육받은 사람이 교육받지 않은 사람들보다 자위행위를 더 많이 한다. 그들은 상상력이 풍부하여 환상의 성행위가 진짜 성행위의 훌륭한 대용물이 되기 때문이다.

질병, 임신 등으로 파트너와의 성행위가 불가능하거나 성적 파트너가 없을 때 자위 행위는 성적 긴장으로부터 위안을 주는 기능을 한다.

로 듀커 는 말한다.

애욕의 행위 그 자체는 별로 에로틱하지 않다. 오히려 그에 관한 이미지를 떠올리거나 이끌어낼 때, 또는 그것을 암시할 때 더 에로틱하다. 나아가 그것을 표현할 때는 더욱더 에로틱하다.

성적 환상은 타인이나 사회의 제약을 받지 않고 현실적으로 불가능한 내용까지 가능하게 만든다. 라이히는 오르가즘을 얻지 못하는 사람들에게 절망하지 말고 성적 환상을 이용하라고 말했다. 자위행위를 하는 도중 성적 환상을 남자는 86%, 여자는 69%로 하는 것으로 나타났다.

양영순은 다음과 같이 말한다.

세상 남자들의 머릿속을 들여다볼 수 있다면, 모두 성추행범으로 처벌받아야 할 것이라고 생각한다. 여자를 볼 때 가슴이나 엉덩이를 한번쯤 쳐다보고 벗은 모습을 상상하는 것은 대부분의 남자들의 습관이다. 한창 호기심이 왕성할 때에는 여자들의 얼굴은 보이지 않고 몸만 보였다. 머릿속에서 하나씩 둘씩 옷을 벗기고 나면 더 심한 공상을 하고, 공상은 꼬리를 물고 이어졌다. 《누들 누드》의 많은 부분이 그러한 '상상 성추행'의 산물이다. 그러나 '구성애의 아우성'을 보고 그게 성추행이라는 것을 깨달았다. 그리고 이러한 성적 추행은 '왜곡된 성 의식'의 산물이며, 이것은 음란물의 영향이라는 것을 알았다.

성경에 '여자를 보고 음욕을 품으면 간음한 것이다'라는 말은 성적 충동이 일어날 때마다 간음한 것이라는 의미는 아니다. 그렇다면 대부분의 남성들이 매일 죄를 지을 수밖에 없을 것이다. 그냥 스쳐지는 충동을 느끼는 것과, 같이 동침하는 장면을 골똘히 생각하는 것과는 다르다. 그러나 시도 때도 없이 공상하거나 특정인에 대해 오랫동안 성적 공상을 계속하는 것은 좋지 않다.

성적 공상에 관해 보다 적극적인 의의를 부여하는 학자도 있다.

이홍식 박사는 《성의학 백과》에서 '성적 공상'의 기능을 다음과 같이 설명한다.

　1. 성적 공상은 성적 흥분을 유도하거나 촉진시켜 준다.

　2. 자기 자신이 성적 공상을 마음껏 만들어낼 수 있기 때문에, 자신만의 성적 느낌을 즐기고 상상의 나래를 펴나가는 데 매우 안전하고 보호적이다.

　3. 성적 공상은 공상자의 성적 긴장이나 욕구를 비교적 안전한 방법으로 배출시키는 심리적 안전 밸브의 역할을 한다.

　4. 성적 공상은 성행위의 준비과정으로 이용할 수 있다.

　그는 성적 공상은 성 치료에 이용되고 있으며 성적 공상에 대해 죄의식을 느끼는 것은 잘못이라고 말하고 있다.

섹스는 명상이 될 수 있다

　현대인들은 점점 더 성을 갈망한다. 더욱이 한국인들은 섹스에 대해 병적으로 집착하고 있다. 섹스와 관련한 산업도 번창중이다.

　사람들은 섹스에 대한 비디오나 책 등을 보는 것만으로도 충분히 성을 즐긴다고 생각한다. 그러나 실제의 성행위는 그 자체로서 충분히 만족을 못 느끼고 있다. 결국 '완전한 성행위'를 하지 못하고 있는 것이다. 완전한 성행위를 위해서는 '존재 전체'가 참여해야 하는데 단지 '성기'만이 참여하고 있을 뿐이다.

　이러한 성행위는 일종의 배설에 불과하다. 이때 넘치는 에너지는 배설된다. 그런 다음 편안함을 느낀다. 그러나 배설 뒤의 편안함은 일종의 탈진에서 오는 편안함이다. 이것은 단지 신체적인 휴식일 뿐이다. 이것은 깊은 휴식, 영적인 것이 될 수 없다.

　섹스가 단지 즐기기 위한 수단만이어서는 안 된다. 그것은 영적으로 상승하는 수단이 될 수도 있다. 이것이 탄트라이다. 성이 '일상적인 성'을 넘어 하나의 '명상의 단계'에까지 오를 수 있는 것이다.

대부분의 사람들은 평생 동안 이 단계에 도달하지 못하고 있고, 또한 이런 단계가 있는지조차 모르고 있다. 사실 이 단계는 실천하기 매우 힘든 단계라 할 수 있다.

탄트리에 있어서 성은 가장 신비로운 것 중의 하나이다.

성교하고 있을 때 우리는 신 가까이 있다. 새 생명을 낳는 창조 행위는 바로 신의 섭리이다. 그러므로 성행위를 할 때에는 마치 신성한 사원에 다가가는 것처럼 행동하라. 마치 기도하는 것처럼, 명상하듯이 하라.

사람들은 대부분 평생 동안의 성 체험을 가지고도 성행위가 순간적인 초의식에 이른다는 사실을 깨닫지 못한다. 성이라는 것은 가장 외부에 있는 층을 이루는 것이며, 그 깊은 내부에는 사랑이 있고, 더 깊은 내면에는 기도가 있으며 그 가장 깊은 곳에는 신이 있다.

섹스의 세 가지 차원

섹스에는 3차원이 있다.

첫째 차원은 조잡한 '육체적 수준'에 머무는 차원이다. 가령 어떤 남자가 매춘부에게 갔다고 하자. 그가 거기서 얻은 체험은 육체적인 것 이상으로 깊을 수는 없다. 매춘부는 자기의 육체를 팔 수는 있으나 마음은 팔지는 않는다. 더더구나 영혼까지 기대하는 것은 무리다. 이 경우 육체가 마주친다. 강간의 경우처럼 육체가 마주친다. 강간에서는 마음이나 영혼의 만남이 없다. 영혼을 강간할 수는 없다. 다음날 아침 남자는 허탈한 마음으로 떠날 뿐이다.

이것은 '생리적인 수준'이다. 이것은 '욕정의 수준'이다. 섹스 에너지의 가장 저차원의 형태이다. 이 수준에 머무르는 사람은 섹스의 가장 완전한 체험을 결코 얻지 못한다. 오늘날 대부분의 섹스가 이러한 육체의 수준에 머물고 있다.

둘째 차원은 '심리적 만족'에 빠지는 차원이다. 사랑에 빠진 끝에 맺어진 남녀의 혼인은 육체적인 수준보다는 더 앞으로 나아간다. 그들은 하나의 마음이 된다. 그들은 섹스를 통해 두 개의 육체가 하나가 되었다는 느낌을 받는다. 그러나 이것은 아직 진정한 하나가 아니다. 그것은 일시적으로 결합된 것일 뿐이다. 단 한순간 동안만 그들은 두 개의 육체라는 사실을 잊어버리고 신체적 합일을 경험하고 한마음에 도달한 것이다.

그러나 마음은 변한다. 마음은 오늘 이것을 원하지만 내일 저것을 원한다. 신혼 초와는 다른 마음으로 변한다. 결국 부부의 관계도 마음이 분리되어 육체적 수준으로 돌아간다.

셋째 차원은 '영적인 결합'을 이루는 차원이다. 영적으로 만난 남녀는 그때부터 끊임없는 생을 통해 결합되었다는 느낌을 가진다. 이것이 진정한 오르가즘이다.

오르가즘에는 두 가지 유형이 있다. 하나는 성적인 것이고 또 하나는 영적인 것이다. 성적인 오르가즘의 경우 당신이 흥분의 절정에 도달했을 때, 당신은 그 이상 나아갈 수 없으며 그것으로 끝나고 만다. 그때 에너지는 모두 사라져 버린다. 영적인 오르가즘은 사정이나 사출 없이 계속 성행위에 머무는 것이며, 이때 에너지가 모아진다.

영적인 오르가즘 순간의 상태는 두 가지 요소로 이루어진다. 그것은 에고가 없는 상태(무아)와 시간이 없는 상태(무시간)이다. 에고가 없고 시간이 정지하기 때문에 사람은 자기의 참된 자아에 대한 뚜렷한 비전을 갖게 된다. 이것은 명상의 경지와 같다.

'무시간성'에서 당신은 시간을 완전히 초월할 수 있다. 거기에는 과거도 없고 미래도 없다. 바로 이 순간 여기에 전존재가 집중되어 있다. '무아'의 상태에서 당신은 당신의 자아를 상실하고 비자아가 된다. 거기에는 당신도 없고 타자도 없다. 이러한 오르가즘에 도달하면 당신은 일상생활에서는 전혀 경험하지 못한 육체의 모든 세포가 춤을 추는 것을 느끼게 될 것이다. 이 순간을 당신의 내부에로의 통로로 이용하여야 한다.

성행위를 하는 동안 명상을 하며 당신의 내면을 돌아보도록 하라. 오르가즘 속에서 당신은 육체의 가장 심오한 부분에 도달하게 되는데 이곳에서는 더 이상 물질은 존재하지 않으며 단지 에너지만이 출렁이면서 진동하면서 춤을 추는 에너지 그 자체가 된다.

두 영혼이 용해되는 섹스

섹스를 통해 두 몸의 만남을 즐겨라. 두 영혼이 용해되어 하나가 됨을 맛보라. 서로가 서로 속에 녹아드는 것을 느껴라. 그대의 연인을 애무하는 동안, 혹은 애무 받는 동안 행위자로서 남아 있지 말고 애무 그 자체가 되라. 키스를 할 때는 키스를 하거나 받는 행위자가 아니라 키스 자체가 되라. 포옹할 때는 포옹 자체가 되라. 그대 자신을 잊어버리고 '나는 더 이상 존재하지 않는다. 오직 사랑만이 존재한다'라고 말할 수 있을 정도로 하라.

사랑하는 두 연인이 깊은 성적 오르가즘에 들어갔을 때, 그들은 서로 속에 용해되어 버린다. 그들은 하나의 원이 된다. 이제 여자는 더 이상 여자가 아니요, 남자는 더 이상 남자가 아니다. 그 순간 남자는 여성이 되고, 여자는 남성이 된다. 그들은 음양의 원(태극)과 같이 서로가 서로 안에 도달하고 만나고 용해되고 그들 자신의 주체를 잃어 버린다.

거기서 강력한 에너지가 솟아난다. 에너지의 순환이 일어난다. 그들은 서로에게 생명을 준다. 그러므로 깊은 사랑 속에서, 오르가즘 속에서만이 에너지의 변형이 가능하다.

그러나 사랑 없는 성행위는 서두르게 된다. 상대방을 욕망을 채우기 위한 수단으로 이용하는 것이다. 그 때 상대방 역시 당신을 하나의 수단으로 사용한다. 그때 두 사람은 서로 용해되는 것이 아니라 서로가 이용하고 있는 것이다.

성행위를 서두르지 말라. 서두르지 않는다면 그것은 점점 덜 성욕적이될 것이다. 성을 아무런 목적의식 없이 순수한 유희로서 만난다면 당신과 당신 연인과의 성행위는 언제까지나 처음의 상태로서 머문다. 에너지의 방출 없이, 욕망의 배설이 없다면 그것은 명상이 된다.

섹스를 통한 초의식에 도달하기 위해서는 두 가지 유의할 점이 있다고 한다. 하나는, 호흡은 느낄 듯 말 듯할 정도로 잔잔해야 한다는 것이다. 호흡이 빠르면 빠를수록 성교가 지속되는 시간은 짧아진다. 호흡이 보다 평온하고 느리면 그만큼 성교는 길어진다. 그리고 성교가 길어지면 길어질수록 섹스가 초의식에의 통로로 될 수 있는 가능성은 더 커진다고 한다.

또 하나는, 의식은 두 눈 사이의 지점(미간)에 주의가 집중되어야 한다는 것이다. 이 곳에 주의가 집중되면 될수록 성교는 더욱 깊은 것이 되며, 클라이맥스의 지속시간이 길어진다고 한다.

것이다. 이 곳에 주의가 집중되면 될수록 성교는 더욱 깊은 것이 되며, 클라이맥스의 지속시간이 길어진다고 한다.

남 · 성 · 여 · 성 · 산 · 뜻 · 하 · 게

사랑이란 무엇인가

벗·겨·보·기

사랑은 왜 필요한가

산다는 것은 사랑하는 것이다

사랑하지 않더라도 인간은 살아갈 수 있다. 그러나 그것은 참으로 사는 것이라 할 수 없다.

다음과 같은 우화가 있다.

한 소녀가 들판을 걷다가 가시에 찔린 나비를 보았다. 그 소녀는 조심스럽게 가시를 뽑아 주었다. 나비는 날아가더니 다시 돌아왔는데 아름답고 착한 요정으로 변해 있었다.

요정이 어린 소녀에게 말했다.

"당신이 베푼 친절에 대한 보답으로 나는 당신의 가장 큰 소망을 들어주겠어요."

어린 소녀는 잠시 생각해 보다가 말했다.

"나는 행복해지고 싶어요."

요정이 몸을 앞으로 굽히더니 그녀의 귀에 대고 무슨 말을 속삭이고는 갑자기 사라졌다.

소녀가 자라는 동안 그 나라에서 이 소녀보다 행복한 사람은 아무도 없었다. 행복의 비결이 무엇이냐고 누가 질문을 할 때마다 그녀는 그냥 빙그레 미소만 지으며 이렇게 말했다.

"나는 착한 요정이 하는 얘기를 들었거든요."

그녀가 상당히 나이가 많아지자 이웃사람들은 이 기막힌 비밀이 그녀와 더불어 사라져 버릴지도 모른다는 생각에 걱정이 되어 말했다.

"제발 부탁이니 우리들한테 얘기를 해줘요."

사람들은 애원했다.

"요정이 무슨 말을 했는지를 우리들한테 알려 주세요."

이제는 사랑스러운 노부인이 된 그녀가 그냥 빙그레 웃기만 하면서 다음과 같이 말했다.

"요정은 '아무리 행복해 보이는 사람일지라도 당신을 필요로 합니다. 당신의 사랑을 베푸세요'라고 말했답니다."

사랑은 왜 필요한가?

에릭 프롬은 말한다.

인간이란 근본적으로 고독한 존재이며, 그 고독감과 공허감을 극복하기 위해서 사람은 사랑이 필요하다.

또한 칼 힐티는 말한다.

사랑을 지니지 못한 사람은 안정감을 가질 수 없다. 사랑이 없이 청년 시절을 지내고 나면 말할 수 없이 비참하다. 모든 것이 밉게 보이고 생존의 의미조차 흔들리고 말 것이다. 사랑에 냉담하였던 대부분의 사람이 들어서는 곳은 염세주의자라는 오솔길이다.

사랑은 인간이 필요로 하는 가장 중요한 영양분이다. 아무리 경제적으로 넉넉하고 창조적인 일에 열중하여도 사랑이 없는 가슴은 공허하며 행복할 수 없다.

그러나 사랑은 본래 인간 내부에 풍부하게 있다. 사랑은 삶의 향기로서 내부에 있다. 물방울의 본성이 아래로 흘러 바다에 이르는 것처럼 인간의 본성도 사랑으로 가득 차 있다. 다만 인공댐이 물방울을 가로막는 것처럼 그릇된 제도와 관습, 그리고 탐욕이 사랑을 가로막는 것이다.

사랑은 신비로운 것이다. 그래서 그 어느 누구도 아직까지 사랑에 대해 만족스러운 정의를 내리지 못했다. 사랑을 정의하면 사랑을 좁은 울타리에 가두어 버릴 수 있기 때문이다. 그러니 다음과 같이 정의할 수 있지 않을까?

사랑은 모든 것의 해답이다

어떤 질문이든 사랑이 답이다. 어떤 문제이든 사랑이 답이다. 어떤 질병이든 사랑이 답이다. 어떤 고통이든 사랑이 답이다. 어떤 두려움이든 사랑이 답이다. 사랑은 그 자체로 완전하므로 답은 언제나 사랑인 것이다.

칼 힐티는 말한다.

어떤 문제를 해결하고자 할 때에 어떻게 하면 현명한 대책인가 묻는 대신에 어떻게 하면 가장 사랑이 담긴 방법인가를 묻는 것이 최선책이다.

어머니가 아이들을 위해 식사를 차리거나 더러워진 옷을 깨끗이 세탁한다 해도 그런 일을 짜증낸다면 아무런 소용이 없다. 당신의 직업이 무엇이든, 또한 당신이 어떤 일을 하든 그 속에 사랑이 없으면 그것은 의미가 없다.

진정한 교사란 가능한 한 월급을 많이 받고 돈을 많이 벌려고 하는 사람이 아니라, 어떻게 하면 학생들을 훌륭한 인간으로 키울 수 있는가를 사랑의 마음으로 노력하는 사람이다. 훌륭한 의사라면 환자로부터 치료비를 짜내려는 일을 최우선으로 생각하지 않고, 하나의 인간으로서 환자를 어떻게 하면 잘 치료할 수 있을까를 생각한다. 훌륭한 사업가라면 이윤을 올리는 일에만 마음을 빼앗기지 않고 품질이 좋은 서비스를 제공하여 사람들의 요구에 응하는 일을 소중히 여긴다.

한 사람의 인간을 평가할 경우에 최종적인 판단 기준이 되는 것은 학력도 아니고 지위, 명예도 아니며 또한 훈장의 숫자나 재능이나 몸에 익힌 기술도 아니다. 그것은 그 사람이 갖고 있는 진정한 사랑을 줄 수 있는 능력과 베푼 사랑의 양이 아닐까?

사랑의 시를 소개한다.

우리들은 어떻게 태어났는가

사랑에서

우리는 어떻게 멸망할 것인가

사랑이 없으면

우리들은 무엇으로 자기를 극복할 수 있는가

사랑에 의해서

우리들은 사랑을 발견할 수 있는가

사랑에 의해서

우리들을 울릴 수 있는 것은 무엇인가

사랑

우리들을 늘 결합시키는 것은 무엇인가

사랑

—J. W 괴테, 슈타인 부인에게

사랑은 느낌만은 아니다

　'사랑이 느낌'이라는 오해는 사랑과 쏠림, 빠짐을 혼동했기 때문
이다. 우리는 주식이나 보석에도 마음이 쏠리거나 빠질 수 있다. 이
런 것에도 사랑을 느낄 수 있다. 다시 말하면 '사랑에 빠지는 것'이
사랑이 아니다. 사랑에 빠지면 우리는 '나는 그 또는 그녀를 사랑한
다'라고 말한다. 이것은 '사랑의 시초'에 불과하지 '사랑 자체'는 아
닌 것이다. 이것은 도취의 감정으로 일시적인 것이다. 이러한 감정
이 영원히 지속되는 경우는 극히 드물다.

　사랑에 빠지는 것은 노력이 필요 없다. 게으른 사람도 부지런한
사람도, 착한 사람도 악한 사람도 당장 사랑에 빠질 수 있다. 남녀가
함께 사랑에 빠지면 이 세상이 모두 장밋빛으로 보이고 어떠한 난관
도 함께 극복할 수 있을 것으로 보인다. 그러나 진정한 사랑은 그들
이 처음의 사랑에서 빠져 나오기 시작할 때부터라고 할 수 있다.

　사랑에 빠지는 것은 상대의 일부를 사랑하는 것이다. 한눈에 반한
사랑은 상대의 성질이나 특징에 대해 아주 적은 인식으로부터 불타

오르는 것이다. 그녀의 매혹적인 모습이나 그의 유머 한마디에 사랑에 빠질 수 있다. 그러므로 참된 사랑이 상대의 전체를 사랑하는 것이라면 한눈에 반한 사랑은 상대의 일부를, 사랑을 사랑한다고 말할 수 있다.

당신은 그 사람과의 관계가 참된 사랑인지, 일시적인 바람기인지, 일시적인 열중인지 알 수 없다. 아무리 바람기가 많은 사람일지라도 한 사람을 사랑할 때에는 이번의 사랑은 진짜 사랑이라고 생각하려는 경향이 있기 때문이다. 그래서 사랑이 참된 사랑인지 그렇지 않은지는 시간이 지나기 전에는 알 수 없다.

사랑과 감정의 관계는 몸과 옷의 관계와 비슷하다. 사랑은 감정이라는 옷을 입고 있다. 옷은 바꿔 입을 수 있으며 변하는 것이다.

프롬은 "누군가를 사랑하는 것은 단순한 감정만은 아니다. 그것은 결의요, 판단이며, 약속이다."라고 말한다.

사랑의 증거를 자신의 감정 속에서만 발견하는 것은 쉽다. 그것은 저절로 일어나기 때문이다. 그러나 자신의 행동 속에서 찾는 것은 어렵다. 행동을 위해서는 '의지'가 선행되어야 한다. '사랑은 행하는 만큼 사랑하는 것이다.'

연애 감정은 결혼의 가능성이 있는 한 계속 지니고 있는 것이 좋다. 그러나 만일 결혼이 불가능한 것으로 판명된다면 연애 감정은 끊어 버려야 하며, 빠르면 빠를수록 좋다.

우리는 '사랑에 빠진다'고 말하기보다는 '사랑으로까지 성장한다'고 말해야 한다. 사랑의 본질은 부지런함이며 사랑하지 않음의 본질은 게으름이다.

질투는 사랑을 질식시킨다

질투(Jealousy)라는 말은 희랍어 Jeal이라는 단어에서 유래했다. 이 단어는 소중한 '소유물' 이 위험에 처했으니 무슨 행동을 취해야만 한다는 것을 의미한다.

여기서 '소유물의 관점' 이 문제가 된다.

사랑이란 물질적 대상처럼 한번 쟁취하면 우리의 소유가 되는 것이 아니다. 우리는 사랑을 소유할 수 없다. 성장한 한 인간을 우리가 소유할 수는 없다. 사랑에 소유욕이 끼여들면 사랑은 곧장 극도의 위험에 빠지게 된다. 소유하려고 하면 상대방을 더 이상 참을성 있게 자유롭게 바라볼 수 없다.

소유하려 들지 않고 잃어 버릴까 불안해하지 않을 때, 그럴 때 날마다 새로운 사랑을 전개할 수 있다. 감각의 문들을 다 열어 제치고 사랑을 받아들일 준비가 되어 있을 경우, 이런 자세의 사람 앞에 사랑은 눈부시게 열려 올 수 있다.

마음이 완전히 열려 있을 때, 모든 감각이 깨어 있을 때, 영혼이 느낄 태세가 되어 있을 때, 내가 나날이 새로움을 받아들일 수 있고 상처받을 수 있을 때, 오직 그럴 때만 사랑은 가능하다. 사랑은 매일 새롭게 시작되는 것이며 또한 매일 새롭게 생성되어야 한다.

물론 질투를 두려워할 필요는 없다. 그것은 자연스럽고 정상적인 감정이다. 그러나 너무 강한 질투심은 소유에 고착되어 있는 것이다. "나는 그를 어찌나 사랑하는지, 그가 다른 여자하고 같이 사는 꼴을 보느니 차라리 그가 죽었으면 좋겠어요!"라고 말하는 것은 참사랑이 아니다. 극단적인 질투심의 배후에는 상대방을 충분히 자신에게 묶어둘 수 없다는 극단적인 불안감이 내재해 있다. 이런 식의 사랑을 받은 사람은 사랑이 전개되지 않고 도리어 압박을 받는다. 상대방의 질투에 얽매여서 자신의 인격을 마음껏 펼치지 못하는 것이다.

진정한 사랑은 주의 깊게 바라보는 것

진정한 사랑은 단지 사랑을 주고 싶어한다. 상대를 북돋아 주고 싶어한다. 다정하게 해주고 싶어한다. 주의 깊게 바라보고자 한다. 이것이 사랑의 능력이다. 그러나 무엇이든 소유하고 싶어 안절부절못하는 불안한 사람, 그는 사랑의 능력이 약해져서 이윽고 모든 것을 잃게 될 것이다.

우리는 그물로 나비를 잡듯이 사랑을 잡으려 한다. 그러나 진정한 사랑은 그렇게 해서는 사로잡히지도 소유되지도 않는다. 사랑은 신비로운 모습으로 살아 있는 그 무엇이기 때문이다. 살아 있는 것은 그 생명성을 상실하지 않고는 잡히지 않는다. 그리고 사로잡힌 것은 서서히 죽어 간다.

우리가 한 송이의 꽃을 사랑한다면 우리는 그 꽃을 가만히 바라보면서 그 존재와 살아 있음에서 기쁨을 느낀다. 내가 그 꽃을 원하게 되면 그것을 탐하게 되며, 나는 꽃을 땅에서 뽑아내거나 잘라서 내 꽃병에 꽂는다. 그 꽃은 죽어갈 것이고, 나는 내 탐욕을 만족시켰다. 나는 그 꽃을 짧은 시간 동안 '소비'한 것이다

소비란 신속히 지나가 버린다. 자연 속에 있었더라면 계속 살아 있었을 것이다. 꽃을 소비하는 것은 사랑이 아니다. 잠깐 즐거움을 느끼기 위해서 나의 탐욕이 꽃을 죽였을 뿐이다. 그것은 긍정적이고 애정 어린 주시와 관심이 아니다. 내가 정말 그 꽃을 사랑했다면 그 자리에 그대로 둔 채 꽃을 보고 경탄하고 사랑의 시선을 보냈을 것이다.

한 인간에 대한 순수한 사랑도 그의 정신과 인격의 소유를 요구하지 않는다. 사랑은 한 인간을 그 뿌리박은 것까지 뽑아내려 하지 않는다. 그가 현재 누리고 있는 자유 속에 자유롭게 둔다.

당신이 정말로 당신의 아내를 사랑하고 있다면 무턱대고 소유하려고 해서는 안 된다. 당신이 정말로 자신의 남편을 사랑하고 있다면 무턱대고 질투를 하면 안 된다. 진정한 사랑은 상대방을 소유하지 않는 것이고, 협박하지도 않는 것이다.

그러나 현실적으로 사랑하는 사람을 자유롭게 하기 위해서는 대단한 용기가 필요하다. 우리는 상대방에게 극도의 자유를 허락해야 한다는 것에 불안감을 느낀다. 이런 불안을 우리는 뚫고 나가야 한다. 그래야 비로소 무궁무진한 사랑의 벌판이 열린다.

사랑은 운명적 사건이 아니다

우리는 '성공은 운명적 사건이다'라고 말하지 않는다. 운명이라면 노력하지 않아도 이루어지기 때문이다. 그래서 '성공은 땀흘려 이룩하는 것이다'라고 말한다. 그러나 '사랑은 운명적 사건이다'라고 흔히들 말한다. 사랑에는 노력이 필요 없다는 듯이 말이다.

이러한 '사랑은 운명적 사건이다'라는 환상을 우리는 어린 시절에 동화에서 배운다. 동화에서 왕자와 공주는 운명적으로 맺어지고 영원히 행복하게 사는 것으로 결말이 난다.

그러나 사랑은 희귀한 운명적 사건이 아니라 일상적인 것이다. 진정 사랑하는 능력이 있으면 자주 사랑에 빠지고 많은 사람들에게 사랑을 느낄 수 있다.

낭만적 사랑의 동화와 신화는 세상의 청춘남녀에게 '자기에게 정해진 짝'이 있음을 말해 준다. 이것은 운명적으로 결정된 것이며, 첫눈에 알 수 있다고 말한다. 그리고 첫눈에 반한 사람과 사귀다가 맞지 않으면, 이 사람은 내 운명의 짝이 아니라고 생각하고 다른 사람

을 찾으러 다닌다. 그리하여 수많은 사람들이 운명의 짝을 찾기 위해 쓸데
없이 엄청난 시간과 에너지를 낭비하는 것이다.

왕자와 공주는 없다

　청소년들은 사랑으로 한평생을 함께 보내고 싶은 한 사람의 이성과의 운
명적 만남을 기대한다. 이것은 이런 운명적 만남에 대한 학습의 결과이다.
소설책, 영화 등에서 '한번의 위대한 운명적 사랑'에 대한 막연한 몽상을
배우는 것이다. 그래서 많은 사람들이 사랑이 운명적으로 다가오기를 수동
적으로 기다린다. 사랑을 위해 무엇인가 헌신하지 않아도 일어나는 것이라
고 믿고 있다.

　그러나 동화 속의 왕자와 공주는 없다. 사랑은 '수동적' 기다림 속에서
는 일어나지 않는다. 사랑은 '능동성'이다. 그것은 배워 익힐 수 있는 덕목
이다. 사랑하려는 마음의 자세가 중요하며, 그러한 적극적인 자세가 있어
야 사랑이 우리의 현실적인 삶 속에서 구체적으로 전개될 수 있다.

　사랑은 하나의 기술이며 노력이 수반되는 구체적 행위를 통해 얻어진다.
당신이 사랑을 위해 아무것도 하지 않는데 그냥 품속으로 떨어져 오는 경
우는 드물다. 사랑의 능력이 없는 사람은 돈을 마음껏 쓰고 멋진 곳으로 휴
가를 다녀도, 별장을 가지고 요트를 띄워봐도 진정한 행복을 누릴 수 없다.

　사랑은 운명적인 사건이라기보다는 우리의 마음 자세와 결부되어 있다.
자신의 마음과 정신이 열려 있는 것이 중요하다. 상대방을 있는 그대로 내
자신 안으로 받아들이고 사랑하겠다는 적극적인 의지와 용기가 필요하다.

이런 마음의 준비가 없으면 그 어떤 만남에서도 사랑은 제대로 이루어질 수 없다. 너무 운명의 힘에 기대어 사랑을 찾으려고 하지 말라!

사랑하면 상처 입게 마련이다

우리가 가지는 사랑의 환상 하나는 서로 사랑한다면 모든 것이 완벽하고, 어떠한 부조화나 불일치도 없으며, 항상 기쁘고 평안할 것이라는 생각이다.

그러나 사랑은 상처 입을 수 있을 때 일어난다. 나무나 동물을 사랑할 때는 상처받을 염려가 없다. 나무나 동물은 우리의 열림에 대해 어떻게 반응할지 고려하지 않아도 된다.

한편으로는 사랑하겠다면서, 타인을 향하여 자신을 완전히 열었다면서 다른 한편으로 상대방에게 상처받는 것으로부터 보호되기를 바랄 수 없다. 그러나 대부분의 사람들은 사랑과 보호받을 수 있는 안전 둘 다 원한다. 그러나 성숙한 사랑은 상처 입기 쉬운 나 자신의 보호보다 사랑을 더 소중히 여겨야 한다. 우리가 진실로 사랑할 때, 거기에 상처 입기 쉬운 나의 안전을 위한 보증이란 존재하지 않는다. 상대방이 나한테 무엇을 할지, 나의 열려진 영혼에 어떻게 반응할지, 나를 어떻게 취급할지 결코 미리 알 수 없다.

타인에 대한 불안은 무엇보다 그로부터 사랑받지 못하리라는, 자신이 받아들여지지 않을지도 모른다는 불안이다. 그러나 진정한 사랑은 날마다 새롭게 상처 입기 쉬움에 무방비로 노출되어 있어야 한다.

상처가 있으므로 생명도 있다

사랑은 끊없는 상처 입음이고 날마다 새로운 신선함이다. 상처 입을 수 있음 속에 생명이 있다. 안전이나 상처가 없는 것은 죽음 속에 있다. 죽으면 우리는 더 이상 상처 입지 않는다. 그러나 생명이란 애초에 무방비이며 언제든지 상처 입을 수 있는 위험 앞에 노출되어 있다.

우리는 일상적으로 지나치게 상처입지 않는 삶을, 안정된 삶을 추구하고 있다. 우리는 박찬호와 박세리의 경기에 환호와 열광을 보낸다. 이길 때만 그렇다. 지고 있을 때의 '상처 입음'을 견디기 싫어한다. 우리가 진정 그들을 좋아하고 격려해주고 싶다면 지고 있을 때의 고통도 같이 느끼고 성원해주어야 한다. 우리가 지나치게 안정과 보호를 추구하면 우리는 무디어지고, 긴장되고, 경직된다. 날마다 생명력이 줄어드는 것이다. 그 속에 사랑을 활짝 꽃피울 수는 없다.

사랑은 독립이다

사랑은 상호 의존이 아니다. 진정한 사랑, 건전한 결혼 생활은 강력하고 독립적인 두 사람 사이에서만 존재할 수 있다.

우리가 애완동물을 소중하게 여기는 것은 그것이 우리에게 독립적이기 때문이 아니라 우리에게 의존적으로 붙어 있기 때문이다. 그러나 사랑은 다르다. 사랑은 독립이다.

진정한 사랑의 특징은 언제나 자기가 사랑하는 사람을 완전한 독립적 주체성을 지닌 사람으로 생각한다. 진정한 사랑을 하는 사람은 사랑하는 사람의 독립성과 고유한 개성을 존중하며 그것을 촉진한다.

칼릴 지브란은 《예언자》에서 결혼에 관해 말한다.

당신들이 함께 있을 때 사이를 두어라.
그리하여 하늘의 바람이 당신들 사이에서 춤추도록 하라.

서로 사랑하라, 하지만 사랑이 서로를 묶는 사슬이 되게 하지는 말라.

오히려 그대들 영혼의 기슭 사이에 출렁이며 몰려드는 바다를 놓아 두라.

상대방의 잔을 채워 주라. 하지만 같은 잔으로 마시지는 말아라.

서로 빵을 나누어 가져라. 하지만 어느 한편의 빵만을 먹지는 말라.

함께 노래하고 춤추며 즐거워하라. 하지만 그대들 혼자일 때는 독립해 있게 하라.

비록 기타 줄이 한 음악을 연주해도 서로 떨어져 홀로 있듯이

서로의 마음을 주어라. 하지만 남의 마음속으로 뛰어들지는 말아라.

오직 삶의 따스한 손길만이 당신의 가슴을 포옹할 수 있는 것.

함께 서 있어라, 하지만 너무 가까이에 서 있지는 말라.

사원의 기둥들도 서로 저렇게 떨어져 있거늘,

참나무와 전나무 또한 서로의 그늘 속에서는 자랄 수가 없는 것이다.

사랑은 자기 희생이 아니다

　사랑은 단순한 '자기 희생'이 아니라 '자아의 확대'이다. 진실로 사랑은 더 크게 되는 것이다. 사랑은 자아를 좁히는 것이 아니라 확대하는 것이다. 사랑은 자아를 비우는 것이 아니라 충만하게 하는 것이다.

　많은 사람들이 사랑과 복종을 혼동한다. "나는 이 일이 끔찍하게 싫지만 당신을 사랑하기 때문에 하는 거예요."라고 그들은 말한다. 특히 여성들 중에는 자신이 사랑받기에는 너무나 부족하다고 생각하고, 그래서 자기를 선택하고 사랑해준 남자에게 감지덕지해 그를 하늘처럼 떠받들고 기꺼이 남자의 종이 되기를 원하는 경우가 있다. 심지어 어떤 여성은 자신을 때리는 남자를 사랑한다고도 한다. 이것은 자기 학대에 불과한 것이다.

　우리가 누군가로부터 사랑받기 위해 자신의 바람과 욕구를 일방적으로 희생하다 보면 십중팔구 두 사람 사이의 애정은 말라죽는다. 자기라는 존재는 아예 없는 듯 방치하고 자신의 욕구를 철저히 무시한다면 그 관계 사이에는 인격으로서의 두 사람이 존재한다고 할 수 없다.

누군가를 사랑한다는 것은 그 사람을 자신보다 더 중요한 위치에 놓고 상전처럼 떠받드는 걸 의미하지 않는다. 자기 자신을 무가치한 존재라고 여기는 사람과 관계를 맺는 일만큼 따분한 노릇은 없을 것이다. 상대방이 자기보다 우월한 존재인 양 그를 대접함으로써 감동을 주겠다는 생각이라면 그건 잘못이다. 만일 당신이 항상 자기 자신보다 상대방을 먼저 생각하고 배려한다면 상대방은 언젠가는 모든 것을 자기 본위로 생각하고 자기밖에 모르는 사람이 될 수도 있다.

사랑이 지속되려면 동등한 배려가 이루어져야 한다. 먼저 자기 자신에 대해, 그 다음으로 상대방에 대해. 당신이 자기 자신에게 애정을 갖고 욕구를 존중할 때, 상대방도 비로소 당신에게 관심과 애정을 기울일 기회를 얻게 되는 것이다. 진정한 사랑은 한쪽이 희생하는 것이 아니라 서로가 상대방을 자신의 본질로, 고유의 특성으로, 본래의 아름다움으로 부드럽게 이끌어 주는 과정이다.

사랑은 그 사람 안에 잠재되어 있는 것, 아직 실현되지는 못했으나 마땅히 실현되어야 할 것이 무엇인지를 알게 하고, 나아가 사랑으로써 자신이 가장 사랑하고 있는 사람이 그의 잠재능력을 실현시킬 수 있게 만드는 것이다. 이것은 서로가 그렇게 해야 하는 것이다.

우정은 재산이다

"사람은 사귀는 친구를 보면 알 수 있다"는 말은 진실이다. 누구나 친구로부터 강한 영향을 받기 때문이다.

다음과 같은 이야기가 있다.

매일같이 친구들과 어울려 술 마시고 놀다가 밤늦게 들어오는 아들이 있었다. 어느 날 아버지는 아들에게 그 친구들이 어떤 친구들인지 물었다.

"목숨을 걸고라도 저를 도와줄 친구들입니다. 아버지는 그런 친구들이 있습니까?"

"그럼 누구의 친구가 진짜 친구인지 한번 시험을 해보자."

아버지는 돼지 한 마리를 잡아 가마니에 둘둘 말아 아들로 하여금 지게에 지우고 한밤중에 함께 아들의 가장 친한 친구 집을 찾아갔다.

아들이 친구 집의 문을 두드리며 말했다.

"여보게 문 좀 열어 주게?"

친구는 자다가 일어나 밖으로 나왔다.

"아니, 이 밤중에 무슨 일인가?"

"내가 그만 실수로 사람을 죽였네, 달리 피할 데도 없으니 몸 좀 숨겨주게?"

친구는 문을 안으로 잠그면서 말했다.

"사람을 죽였으면 자네가 책임을 져야지. 왜 나까지 곤경에 처하게 하는가. 안 되겠네. 돌아가 주게."

아버지는 힘없이 돌아서는 아들을 보고 말했다.

"그래. 저런 친구가 목숨 걸고 도와줄 친구냐? 그럼 이제 아버지 친구 집에 가보자."

아버지는 아들의 지게를 받아 지고 친구 집으로 가서 문을 두드렸다.

"아니, 이 밤중에 웬일인가?"

"내가 실수로 사람을 죽였네, 좀 도와주게."

"어서 들어오게. 자네가 나쁜 짓을 할 사람은 아니라고 믿네."

"그런데 사람을 죽이고 말았네."

"자네가 사람을 죽였다면, 필히 사연이 있을 것이네. 걱정 말고 들이오게 나는 자네 친구가 아닌가."

그 말을 듣고 있는 아들의 눈가에는 눈물이 맺혔다. 그는 아버지 앞에 무릎을 꿇고 용서를 빌었다. 아버지는 친구에게 자초지종을 이야기하고 돼지고기와 술로 밤새워 이야기를 나누었다고 한다.

우정의 중요성은 백번 강조해도 지나치지 않다. 우정은 가장 값비싼 재산이라 할 수 있다. 카네기 공학연구소의 한 보고에 따르면 경제적 성공의 15%가 기술공학적인 지식이고 나머지 85%는 인간 관계의 기술, 즉 그의 인격과 사람을 이끌어 가는 능력에 달려 있다고 말한다.

윌리엄 메닝거 박사는 공장에서 해고당한 사람들의 60~80%는 인간 관계의 결함이 주원인이며, 20~40%가 기술 부족에 의한 것이라고 말한다.

스티븐 존슨 박사는 자신의 인간 관계와 관련하여 다음과 같은 질문을 스스로 해보라고 권한다.

1. 당신이 개인적으로 곤경에 처했을 때, 당장 부르면 달려올 수 있는 친구가 최소한 한 사람이라도 있는가?

2. 당신은 사전에 알리지 않고서도 불쑥 찾을 수 있는 사람이 몇 명인가?

3. 당신은 함께 오락 활동을 할 수 있는 사람이 있는가?

4. 당신은 당신이 경제적으로 어려움에 처했을 때, 선뜻 돈을 빌려줄 사람이 있는가?

만일 당신의 대답이 대체로 부정적이라면 당신은 우정의 문제에 있어서 성공한 사람이라고 할 수 없다.

우리의 고민에 귀 기울여 주고 용기를 북돋우어 줄 수 있는 사람이 단 한 사람만 있어도 우리의 삶은 달라진다. 우정은 늘 새로이 정서적 · 지적 자극을 주어 우리를 권태나 무감각으로부터 벗어나게 만든다.

그러나 라 로슈 푸꼬는 일반적으로 우정이라 불리는 것을 다음과 같이 비판한다.

사람들이 흔히 우정이라 부르는 것은 일종의 이해관계에 얽힌 상호간의 타산이며, 이기심으로 변함없이 이익을 꾀하고 있는 거래에 지나지 않는다.

오랜 세월에 걸쳐 영그는 우정

사실 대부분의 사람들이 우정이란 명목으로 사귀지만 그것은 우정이 아니라 이해관계인 경우가 많다. 하지만 이해로 결합된 우정 관계는 그 이해 자체보다 더 오래 지탱되지 않는 법이다.

진정한 우정의 특징은 다음과 같다.

1. 진정한 우정은 친구를 지배하고 소유하려 들지 않는다. 친구를 자신과 같은 유형으로 만드는 대신에 그의 특이한 점을 존중하며, 그의 꿈을 북돋아 준다. 친구가 보다 성숙하고 발전하도록 도와주는 것이다.

2. 진정한 우정은 서로에게 정직한 것이다. 인간은 자기 자신을 그대로 정직하게 드러내는 사람을 좋아한다. 인간이 자신의 가면을 벗어버릴 때 사람들은 그에게 접근해온다. 이것이 자기 개방이다. 자신을, 자신의 감정을 과감히 개방하면 상대방도 자신의 비밀을 털어놓는다. 양쪽이 상대방 앞에서 자신의 약점을 두려움 없이 노출시킬 수 있어야 한다.

3. 사랑으로 비판하라. 비판하는 것을 삼가야 한다. 어떤 사람들은 친구들을 비판함으로써 우월감을 느끼고 기분 좋아한다. 남을 비판하기 좋아하

는 성격은 결코 많은 사람의 사랑을 받지 못한다. 그러나 꼭 비판할 필요가 있을 경우, 만일 친구를 비판함으로써 당신 마음이 아프거든 그때에는 비판해도 좋다. 그러나 만일 조금이라도 쾌감을 느낀다면 그때는 입을 다물어야 한다. 친구는 당신이 잔소리하는 대로가 아니라 격려하는 대로 된다는 사실을 명심하라.

깊은 우정은 하루아침에 이루어지는 것이 아니다. 오랜 세월에 걸쳐 함께 걷고, 대화하고, 경험을 나누는 사이에 영글어 가는 것이다. 여자의 경우 우정을 신뢰 · 믿음으로, 남자는 함께 어울리는 것, 기분 좋게 어울리는 것으로 해석한다. 남자들은 스포츠나 취미 활동을 함께 즐긴다거나, 사회 활동이나 일을 함께 도모하면서 우정과 친밀성을 발전시켜나가는 반면, 여성들은 자신들의 감정을 표현하고 나눔으로써 친밀감을 증진시킨다.

자기애와 이기애를 구별하라

자기애와 이기애를 분명히 구별할 필요가 있다. 세상의 모든 사람이 자기 자신을 위해 살아간다고 생각하고 있지만, 그것은 진정한 자기가 아닌 위장된 자아, 껍데기로서의 자아일 가능성이 많다. 이것은 진정한 자기 자신을 이해하는 데 실패하고, 그리하여 진짜 자기 자신을 사랑하는 데 실패했기 때문에 생긴다.

자신의 육체, 헤어스타일, 보석, 의복, 액세서리와 같은 것에 가치를 두는 것만이 자기 사랑이 아니다. 학벌, 지위, 재산, 부에 가치를 두는 것만이 자기 사랑이 아니다.

이것은 나르시시즘에 의한 자기 사랑일 가능성이 많다. 자기애는 자신의 실제 모습을 더 이상 감추려 들지 않고, 있는 그대로의 자기 자신을 받아들이고 사랑하는 데 있다. 또 그러기 때문에 다른 사람도 있는 그대로의 모습으로 사랑한다.

비베는 말한다.

우선 당신 자신에 대해서 사랑하도록 하라. 자꾸 반복하고 또 반복하여 당신 자신을 용서하는 것을 터득하라. 그리고 나면 당신은 활짝 꽃피워질 수 있다. 당신이 무엇이든지 간에 당신을 받아들여라. 이것이 기본적인 것이다. 완전한 수용인 것이다. 오직 이 완전한 수용을 통해 당신은 성숙할 수 있다. 우리들의 최초이자 최후의 사랑은 자애이다.

존 포웰은 《사랑의 비결》에서 말한다.

자기 회의와 자기 증오는 인간 관계와 신뢰를 왜곡하고 파괴하며, 인간성을 심하게 황폐화시키는 보편적 · 암적 요소이다. 나는 모든 인간의 신경증과 도덕적 비행들이 이 한 가지 공통 원인, 즉 '자기 자신에 대한 진실한 사랑의 결여'에서 연유한다고 믿는다.

'자기 자신에 대한 진실한 사랑'이란 무엇인가? 그것은 '거짓자아'가 아니라 '참자아'의 명령에 따르는 것을 말한다. 왜 '참자아'의 명령에 따라야 하는가? 그것은 '참자아'만이 진실로 행복을 느낄 수 있기 때문이다. '거짓자아'는 행복이 '소유'에 의해서, '외적 환경'을 바꾸어야 온다고 생각한다.

그러나 '소유'나 '명예'나 '권력'에 의해서 행복은 영원히 달성될 수 없다. 왜 그런가? 그것은 우리가 기쁨을 느끼고 행복을 느끼는 것은 우리의 '마음'이지 우리의 '은행 통장'이 아니기 때문이다.

'거짓자아'에 의해 마음이 망가지면 돈도 명예도 권력도 인간을 구제하지 못한다. 우리는 주위에 돈과 명예와 권력을 잡으려고 하다가 마음이 망가진, 영혼이 황폐해진 사람들을 자주 본다. 그들은 보다 높은 가치를 잃으면서 차원 낮은 가치를 맹목적으로 쫓고 있는 사람들이다. 그리하여 그렇게 원하던 돈과 권력과 명예를 얻게 되었을 때 그들은, 그들의 마음은, 그들의 영혼은 그것을 충분히 즐길 수 없게 된다. 왜냐하면 그 동안에 '인생을 즐기는 마음의 능력'을 상실하게 되었기 때문이다.

자아가 변화되어야 한다. 이기심에 불타는 '거짓자아'에서 진실로 자기를 사랑하는 '참자아'로 바뀌어야 한다.

사람들은 "우리집의 사과나무에 문제가 있어요, 열매가 안 달리는 거예요?"라고 말한다. 그것은 당신이 뭔가를 오해하고 있기 때문이다. 사과나무를 어느 쪽으로 옮기거나 비료를 주거나 다른 방법을 하더라도 그 사과나무는 열매를 맺지 못하는 것이다. 문제는 그 사과나무는 열매를 맺는 능력이 없기 때문이다.

'거짓자아'는 아무리 비료를 주어도, 많은 것을 소유해도 열매 맺지 못한다. 진정으로 자신의 문제를 풀기 위해서는 자신의 '거짓자아'를 '참자아'로 변화시켜야 한다. 종자를 바꿔야 하는 것이다.

참자아는 자유의 자아, 행복의 자아이며 언제, 어디, 누구에 의해서도 상처받지 않는다. 참자아가 우리의 생각을 지배하도록 할 때, 우리는 늘 자신이 있게 되며, 어떤 비판이나 무시당함에 의해서도 흔들리지 않게 된다.

참자아가 당신의 인생의 중심에 서도록 하라!

살아가면서 가끔 지금 당신이 자신을 위해 추구하고 있다고 생각하는 것들이 남에게 과시하기 위한 탐욕의 대상인지, 아니면 당신 영혼이, 참자아가 진실로 갈구하고 있는 것인지 자문해보라!

남 · 성 · 여 · 성 · 산 · 뜻 · 하 · 게

연애를 멋지게, 결혼을 행복하게 하는 법

멋지게 **프로포즈** 하라

연애는 **환상** 으로부터 시작된다

아놀드 버네트는 '사랑은 최초의 징후가 나타난 단계에서는 결코 조절할 수 없는 것'이라고 말한다. 그것은 두 사람 사이에 환상이 존 재하기 때문이다

그래서 연애는 매우 불안정한 사랑의 형태이다. 연애란 기쁨인 동 시에 언제 터질지도 모르는 폭탄과도 같이 불안정한 것이다. 부부간 의 사랑은 수십 년 간 지속될 수 있지만, 연애는 몇 달도 못 가는 수 가 많다.

연애한다는 것은 같이 있으면 좋은 느낌이 드는 것이고, 결혼은 같이 살면서 좋은 관계를 유지하는 것이다. '같이 있는 것'과 '같이 사는 것'은 다르다. 연애에서의 사랑은 서로 친절하면 되지만 결혼 에서의 사랑은 희생까지 각오해야 한다.

171

　연애는 그 자체가 인생의 목적이 아니라 인생의 새로운 출발이다. 연애란 생면부지의 남녀가 서로의 문을 두드려가며 조금씩 다가서는 과정이다. 연애에서는 이성교제에 의해서 생기는 결과를 충분히 고려하여, 그 결과를 책임질 각오가 없다면 경솔하게 일시적인 격정에 말려들어서는 안 된다.

캠프 치는 남자, 집 짓는 여자

　일반적으로 여자가 연애에 더 큰 의미를 둔다. 연애를 하게 되면 남자는 거기에다 캠프를 치고 싶어하는 반해 여자들은 거기에 집을 짓고 싶어한다.

　어떻게 연애할 것인가?

　와타나베 준이치는 말한다.

　사랑을 하고자 할 때는 먼저 경솔해져라, 자존심을 버려라. 그리고 밑져야 본전이라는 생각으로 돌진하라. 이 세 가지 원칙을 지키면 자연스럽게 자신의 정직한 모습을 보여주게 되고, 이런 태도야말로 가장 쓸모 있는 무기가 되어 줄 것이다.

　사랑하는 여자에게 말 한마디 하지 못하고 벙어리 냉가슴 앓듯이 한다면 여자는 절대로 남자의 불타는 마음을 알지 못한다. 사랑한다면 우선 좋아한다는 말부터 해야 한다. 여성의 경우 아무 말도 건네지 않는 사람보다는 자신에게 어떤 관심이든 보이는 사람에게 깊은 인상을 받는 것이다.

남자가 여자에게 프로포즈할 때 다음을 유의하라.

1. 시기를 잘 맞추어라.

아무런 준비 없이 성급하게 프로포즈하면 실패할 확률이 높다. 최근 그녀의 고민거리는 없는지, 기분의 상태가 어떤지를 헤아려보고, 그녀가 프로포즈받을 마음의 여유와 준비가 될 때까지 여유를 갖고 기다리는 것이 좋다.

2. 그녀의 취향에 맞추어 표현한다.

낭만적인 스타일이라면 테이프에 사랑 고백이 담긴 노래와 메시지를 담아 선물하거나, 두 사람의 나이를 합한 수만큼의 꽃을 선물하는 것도 좋다. 함께 찍은 사진과 청혼 메모를 같이 전달하는 것도 좋다.

3. 분위기를 살려야 한다.

가장 중요한 것이 분위기이다. 시끄러운 갈비집에서 청혼하는 것은 상대방을 헷갈리게 한다. 그녀가 좋아하는 옷을 깔끔하게 차려입고 분위기 있는 조용한 장소에서 근사한 식사를 한 뒤, 여유 있는 상태에서 사랑이 담긴 눈길로 목소리의 톤에 신경을 쓰면서 고백한다. 이성에게 사랑을 고백할 때는 다소 어두컴컴한 것이 좋다고 일반적으로 심리학자들은 말한다. 스낵이나 스탠드 바의 조명이 어두컴컴한 것도 이러한 심리 작용에 따른 것이다.

4. 마무리를 지혜롭게 한다.

그녀의 반응이 시큰둥하거나 부정적일 경우에라도 대답을 재촉해서는 안 된다. 서운한 감정을 내보이지 않고 오히려 그녀의 신중함을 칭찬하며

마음을 다독거려 준다. 그리고 그녀가 거절하는 이유를 파악하고 당분간
좋은 친구로 지내다가 다음의 기회를 기다리며 그녀의 마음을 바꿀 방법을
찾아본다.

남자가 데이트할 때 유의점

남자는 데이트를 여자의 애정을 쟁취하는 수단으로, 일부 남자는 성적인 목적을 위한 수단으로 생각하지만, 여자는 데이트 그 자체를 하나의 대하드라마처럼 천천히 음미하고 싶어한다. 그러므로 남자는 여자에 대한 세심한 배려를 아끼지 말아야 한다. 데이트할 때 남자가 유의해야 할 점은 다음과 같다.

데이트를 리드하라

한 여대생은 말한다.

작년 가을에 사귀던 남자와 헤어졌어요. 결정적인 계기는, 둘이 춘천 갔다 오는 길에 일어났어요. 구리시 근처를 지나오다가 자동차

타이어에 펑크가 났는데, 근처 공중전화로 뛰어가서 어디다 전화를 했는지 아세요? 자기 엄마한테 전화해서 '엄마 내 차 펑크 났는데 어떻게 하지? 라고 묻는 거예요. 그때 결심했죠. 아직 어린아이로구나, 언제 어른이 되길 기다리나, 여기서 그만두자. 그런데 제 주위에 이런 남자가 많다고 들었어요. 나중에 결혼해서도 무슨 일만 생기면 자기 엄마한테 전화해서 엄마 나 어떡하지, 그러면 정말 어떡해요?

여성은 자신의 의지가 분명한 남성에게 호감을 갖는다. 그러므로 여성에게 자신감이 결여된 모습을 보여서는 안 된다.

음식이나 영화의 경우 여성이 선택한 식사나 영화가 시원찮을 경우의 책임을 여성이 지는 것은 불쾌한 일이다. 여성은 자신에게 결정권을 떠넘기는 것을 싫어한다. 남자는 그것을 배려라고 생각하지만 그렇지 않다. 결정하고 책임지는 것이 남성의 매력인 것이다. 남자가 리드하는 대로, 남자가 이끄는 대로 여자들은 따라가는 것을 더 좋아한다.

데이트를 리드하기 위해서는 사전 계획이 중요하다. 특히 데이트에 익숙하지 않은 사람이나, 쉽게 긴장하는 사람은 사전에 계획을 세우고 코스를 메모해두는 것이 데이트를 원만하게 할 수 있는 비결이다.

만날 때마다 칭찬하라

만날 때마다 그녀의 머리 모양, 복장, 화장 등을 체크하라. 여성은 항상 자신을 주목하고 지켜봐 주는 남성에게 마음을 연다. 남성들은 보통 여성의 변화에 둔감하다. 또한 그런 변화를 말해주는 데도 인색하다. 여성이 노력해서 무언가 바꾸고 왔다면 상대에게 잘 보이고 싶은 마음이 있기 때문이다. 그런데 이것을 눈치채지 못하면 여성의 마음은 멀어진다. 여성은 그의 눈이 자신을 향하고, 지켜보고 평가해 주면 자신감이 생겨 마음도 쉽게 열리는 것이다. 자기의 변화에 남성이 답하는 것은 여성 자신이 인정받는 느낌을 가지는 것이다.

만일 당신이 아주 매력적인 눈을 가진 여자를 보았다면, 다가가서 이렇게 말하라.

"실례합니다. 저 아버님이 전에 도둑이 아니셨나요?"

이런 경우 여자들은 화를 내면서 '아니에요' 라고 말할 것이다. 그렇다면 이렇게 답하라.

"그렇다면 누가 하늘의 별을 훔쳐다가 당신의 눈에 달았는지 알고 싶군요."

너무 잘난 체 허풍떨지 말 것

여성 앞에서 잘난 체하거나 허풍을 떨지 말아라. '예전에 나는 이렇게 잘나갔다' 식의 말은 하지 않는 것이 좋다. 서로가 공유할 수 있는 대화를 하면서 분위기를 즐길 수 있도록 해야 한다.

여성은 데이트를 할 때 자기 속의 말을 자연스럽게 이끌어내 주는 남성과의 만남을 즐겁게 여기며 다시 만나고 싶어한다. 물론 재미있게 이야기하는 것도 분위기상 필요하다. 그러나 저속한 농담은 피하라. 그리고 여성은 잘 웃기는 사람보다도 잘 들어주는 사람과 같이 있기를 원한다. 그녀의 이야기를 최대한 존중해 주라. 그리고 둘만의 만남을 다른 사람에게 떠벌리고 다니지 마라. 여성은 그런 남자를 신용하지 않는다. 여성은 '두 사람만의 비밀'을 가진 남성에게 공범의식을 갖고 보다 친밀함을 느낀다.

여성의 단점을 직설적으로 표현하지 마라

여성은 돌이키기 싫은 자신의 실패를 다시 문제삼는 남성을 존중하지 않는다. 남성은 그녀를 위해 조언을 하는 것이지만, 과거의 실수를 언급하는 것은 그녀의 인격을 무시하는 것이다. 실수는 그 장소, 그 시간에 하고 지나가면 언급하지 않는 것이 좋다. 그리고 주의를 줄 때에도 노골적이지 않고 간접적으로 준다.

예를 들면 너무 야한 옷이 안 어울릴 때, '당신은 정숙해 보이는 스타일도 잘 어울릴 거야' 식으로 말하라. 상대방을 갑작스럽게 고치려고 하기보다는 느긋하게 여유를 가지면서 변화를 시도하라.

부담 없는 선물을 하라

선물 받아서 성낼 여성은 없다. 선물보다는 마음이라고 생각하지만, 마음만 주면 서운하다. 그러나 교제 초기에는 값비싼 선물을 여성이 받으면 상대에 대한 자신의 마음이 아직 확실하지 않기 때문에 심리적 부담이 될 수 있다. 기꺼이 받아줄 수 있는 부담되지 않는 선물을 해야 한다. 예고 없이 선물을 해도 좋다. 여성은 전혀 예상하지 않았을 때 선물을 받으면 예상 외의 사건으로 간주해 매우 놀란다. '놀라움'을 선물하는 것이다.

여자에게 있어서 사랑의 선물은 크고 작음에 관계없이 똑같은 점수를 지닌다. 그런데 남자는 자그마한 선물이 1점이라면 큰 선물은 한 50점 정도 될 걸로 알고 여성이 눈물 흘리며 감동할 것이라고 생각한다. 그렇지 않다. 이것은 여자에게는 사소한 것들도 큰 것 못지 않게 중요하다는 것을 남자들이 모르기 때문이다. 대부분의 여성들은 아주 작은 것에 감동한다. 단 한 송이의 장미꽃도 다이아몬드 반지 못지 않게 기쁨을 줄 수 있다.

같이 쇼핑하라

여성과 같이 쇼핑하는 것은 남성에게는 엄청난 스트레스가 생기는 일이다. 그러나 여성이 쇼핑할 때 끈기 있게 지켜봐 주라. 특히 액세서리나 보석 코너에서 여성들은 넋을 잃고 몰두하는 경향이 있다. 이것은 여성들이 아름다워지기를 원하기 때문이다. 화장품, 액세서리, 보석 등은 자신을 조금이라도 잘 보이도록 하기 위한 중요한 소도구인 것이다. 그것은 여성의 꿈이다. 여성은 자기와 함께 자신의 꿈을 지켜봐 주는 남성에게 자기를 진정으로 사랑한다는 느낌을 가지는 것이다. 백화점의 향수매장에서, 남자에게서 느끼고 싶은 향수를 사 달라고 그녀에게 말하라.

애정을 확실히 표현하라

여성은 남성으로부터 확실한 의사 표시를 받지 않으면 남성의 느낌을 이해하지 못한다. 선물을 하고, 식사를 대접하고, 차로 집에까지 데려다 주면서 속으로 "굳이 말을 하지 않더라도 이렇게 최선을 다하고 있는데, 내 마음을 잘 알 것이다."라고 생각해서는 안 된다. 여성은 애정 표현을 하지 않으면 단지 호의로 받아들일 뿐이다. '집에 데려다 줄게'가 아니라 '당신을 좋아하기 때문에 잠시라도 더 같이 있고 싶어서 데려다 주는 거야'라고 말하는 것이 좋다.

또한 여성은 이미 마음을 결정하고 있더라도 남성으로부터 말로써 사랑의 증거를 구하려고 한다. '사랑해'라는 말을 너무 많이 한다고 얻어맞은 남자는 없다. 여성에게는 물질적 선물 못지 않게, 애정을 표시하는 '마음의 선물'을 자주 주어야 한다. 그러나 처음부터의 적극적인 애정 표현보다는, 처음에는 무관심한 척하다가 점차로 적극적인 관심을 나타내는 것이 더 효과적이라고 한다.

낭만적인 장소에서 데이트하라

항구가 보이고 아름다운 야경이 보이는 멋진 장소에서는 여성 자신이 마치 드라마의 주인공이 된 것처럼 멋지게 느껴지는 것이며, 남성도 남자 주인공처럼 보인다. 여성은 로맨틱한 상황을 좋아한다. 특히 주위가 다정한 연인들이 데이트를 하는 곳이면 여성도 눈앞에 있는 남성과 달콤한 분위기에 빠지고 싶어하는 경향이 있다. 어둠이 짙어오는 공원을 산책하는 것도 좋다. 분위기 좋은 카페의 창가에 앉아 해변의 노을을 즐기는 것도 좋다. 항상 부딪히는 일상적인 상황에서 벗어나 낭만적인 분위기가 되면 여성은 경계심을 풀고 마음을 열어 보이는 것이다.

그리고 약속장소를 정할 때는 늦는 경우를 대비해 기다리는 동안 지루하지 않은 장소를 택하라. 사람들이 붐비는 곳이 아닌 서점, 화랑, 공원의 벤치 등이 좋다. 그리고 여성은 대부분 시간 관념이 느슨한 편이다. 지각하더라도 화를 내는 것은 남자답지 않다고 생각한다.

갑작스럽게 **사랑의 고백**을 하지 마라

남성은 자신의 마음을 곧바로 고백하는 것이 최선이라고 생각한다. 그러나 여성은 이 경우 머리가 혼란스럽다. 마음의 준비가 되어 있지 않은 것이다. 여성은 '사랑의 과정'을 중요시한다. 아슬아슬하고 두근두근스런 과정을 통해 서서히 가까워지는 것을 즐기는 것이다. 직설적으로 '사랑한다'는 말 대신에, '너와 같이 있으면 정말 즐거워' 같은 말을 하는 과정이 필요하다. 그녀에게 마음을 준비할 수 있는 시간을 주는 것이다.

상대방에게 사랑을 고백할 때 그저 사랑한다고 하기보다는 당신이 그를 혹은 그녀를 사랑하는 이유를 구체적으로 들려주는 편이 좋다. 자신의 어떠어떠한 점을 사랑하지 않고는 못 배기겠다는 말을 듣기 싫어할 사람은 없다. 가능한 구체적인 표현을 사용하라. 그래야 그 사랑의 고백이 자기만의 특별한 의미를 지니게 되고 실감을 줄 수 있다. '나는 당신을 영원히, 죽도록 사랑하오'보다는 '당신의 아름다운 검은 눈동자와 물결치는 긴 머리에 나는 영혼이 사로잡혔소'가 낫다.

구애할 때에는 조잡하지 않고 포용력이 있으며, 여자의 자유로운 판단을 받아들이고 의사를 존중해야 한다. 여자는 유혹받고 가슴 설레기를 바라고 있지만 타이밍과 리듬을 생각해 두지 않으면 곤란하다.

성급하게 **육체적 접근**을 시도하지 말라

여성이 남성과 육체적 접촉을 허락하기 위해서는 마음의 준비가 필요하다. 지난번 데이트에서 그녀의 손을 잡고 포옹을 했다고 해서, 이번에는 키스를 할 수 있다고 생각해서는 안 된다. 여성이 키스를 허락하는 것은 두 사람의 분위기가 무르익고 기분이 좋을 때이다. 여성에게는 데이트를 몇 번 했는가가 중요한 것이 아니라, 데이트의 질이 중요하다. 데이트가 즐겁고, 남성의 애정을 확인하는 과정이 중요한 것이다. 남자는 애정보다 육체적 접촉을 서두르지만, 여성은 애정을 확인한 결과로서 키스를 받아들이는 것이다.

어리석은 남자들이 연애에 쉽게 실패하는 이유는 모든 상황을 너무 급하게 이루려고 하기 때문이다. 그리고 결과보다는 과정을 즐기려는 여자의 속성을 모르기 때문이다. 또한 여성이 정열적으로 키스를 했다고 해서 성적 욕구를 갖고 있다고 생각해서도 안 된다. 여성에게 키스는 섹스의 욕구를 나타내는 것이 아니고 두 사람의 애정을 확인하는 행위인 것이다. 와타나베의 말처럼 '성욕은 바지 속에 감추어두고' 처음 만났을 때의 자상함을 잊지 말고 여유 있게 여성을 끝까지 배려하는 성실성이 중요한 것이다.

여성과 처음 관계를 맺은 뒤 **예의**를 지켜라

여성은 처음 남성과 하룻밤을 보낸 직후 쉽게 후회에 사로잡히는 경향이 있다고 한다. 당시는 스스로도 자연스러웠다고 생각해도 다시 돌이켜보면 남성의 애정이 다시 불안해진다. 최후의 선을 넘은 다음날에는 그녀에게 전화를 걸어 그녀의 불안을 없애 주라. 밝은 목소리로 그녀를 얼마나 소중히 생각하고 있는지, 자신의 마음이 영원히 변치 않을 것이라는 것을 말하라.

남성은 마음에 둔 여성과 하룻밤을 함께 보내면 이미 만족해버리고 그때까지 해온 그녀에 대한 배려를 전부 잊어버리는 경향이 있다. 이젠 내거야라는 식의 발상을 하기 쉽다. 이것은 착각이다. 여성에게 있어서 섹스는 목적이 아니라 서로의 애정을 확인하고 보다 친밀한 관계가 되기 위한 수단일 뿐이다. 여성은 자신의 몸이 목적이 아니라 정말로 자신이 사랑받고 있다는 것을 확인받기를 원한다. 아무런 연락도 없고, 혼자서 괴로워하는 사이에 불안은 노여움으로 바뀌고 '이 사람은 믿을 수 없어'라고 생각할 수도 있는 것이다. 특히 다음 번 데이트에 남자가 10분만 늦어도 여성은 남자의 마음을 의심할 것이다. 그러므로 그녀의 불안감을 없애주고 배려해 주지 않으면 관계가 중지될 수도 있다.

섹스를 강요하지 마라

남성은 관계를 가진 여성을 함락시킨 대상으로 생각하고 데이트마다 섹스를 강요하기 쉽다. 그러나 여성의 경우는 애정 어린 대화나, 키스, 포옹만으로도 충분히 만족할 수 있고, 그런 과정에서 사랑을 즐기는 것이다. 그런 데이트만으로도 여성은 충분히 즐거운 시간을 보낼 수 있다. 그런데 데이트할 때마다 성 관계를 요구하는 것은 '이 사람은 나를 사랑하는 것이 아니라, 나의 몸만이 목적이다'라고 생각하게 만든다.

여자가 데이트할 때 유의점

자신감을 가져라

　상대방과 만났을 때는 자신감을 갖는 것이 무엇보다 중요하다. 자신의 그 어떤 조건도 상대방보다 나쁘지 않다고 믿어야 한다. 현재의 있는 그대로의 자신을 사랑하지 못하는 사람은 다른 사람의 사랑 또한 받을 자격이 없다. 자신을 자랑스러워함을 상대방에게도 보여주어 그 역시 마찬가지로 당신을 좋아할 수 있도록 해야 한다.

첫 대화에서는 가볍게 이야기하라

　첫 대화에서는 개인적인 문제보다는 공통의 화제나 연극, 영화 같은 이야기가 좋으며 상대방을 결혼 상대자가 아닌 친구라는 생각을 갖는 것이 좋다. 처음 만난 상태에서 느닷없이 자신의 과거사나 개인적인 일을 꺼내면 상대는 이상한 느낌을 받을지도 모른다. 따라서 잘 알지 못한 사이에서 불쑥 자신의 고민, 장래의 포부 등을 너무 깊이 밝히는 것은 금물이다

너무 **주도적**으로 나서지 말라

첫 만남을 가졌을 때 여자 쪽이 그날 모든 스케줄을 일방적으로 정해버리지 말라. 남성들은 여성에게 끌려 다니는 것을 싫어하는 경향이 있다. 그리고 어느 정도 사귀었다고 해서 남자의 결점을 바꾸려고 해서는 안 된다. '술, 담배를 끊어라'는 식으로 직설적으로 말하지 마라.

남자로 하여금 돈을 너무 많이 쓰게 하지 마라

만약 아주 비싼 고급 레스토랑에서 최고급 식사를 하면서, "내가 좋아하는 선물은 다이아몬드예요"라고 말한다면 대부분 남자들은 두 번 다시 당신을 만나려 하지 않을 것이다.

먼저 **사랑한다는** 말을 하지 마라

아무리 남자가 마음에 들더라도 너무 급하게 적극성을 띄는 것은 좋지 않다. 연애편지를 먼저 그것도 자주 보내거나, 결혼 이야기를 자꾸 꺼내거나, 게다가 '당신의 아이를 갖고 싶어요'라는 말까지 하면 남자는 도망갈 궁리를 할지도 모른다. 너무 적극적인 여자한테 남자는 싫증을 느낀다. 그러므로 남자의 입에서 결혼 이야기가 나오도록 해야 한다.

먼저 **육체관계**를 원하지 마라

만난 지 얼마 되지 않아서 남자와 육체 관계를 원한다는 표시를 내어서는 안 된다. 사실 남자들 대부분은 마음에 드는 여자와는 만나자마자 육체 관계부터 갖고 싶어한다. 그러면서도 쉽게 몸을 허락하는 여자들에 대해서는 실망하고 무시하는 철저한 이중성을 가지고 있다는 것을 명심하라.

옷과 **화장**은 수수하게 하라

남자들은 화장을 멋있게 하고 야한 옷을 입은 여자를 보기 좋아하지만, 자기와 가장 가까운 사람, '자기 여자'라고 생각하는 상대가 그런 차림을 하고 다니는 것은 싫어한다. 대신에 생기가 도는 맑은 피부 위에 가벼운 메이크업된, 아침이슬 같은 여자가 오히려 남자의 마음을 끈다.

남자의 요청에 가끔 'NO' 할 필요가 있다

만약 상대가 당신에게 전화만 걸면 언제나 만날 수 있다면 그는 당신이 항상 전화를 기다리고 있었다는 느낌을 가질 것이다. 가끔 거절하면 상대 남자는 당신에 대해 생각하는 시간이 늘어날 것이다.

사실상 남자들은 쉽게 친해질 수 있는 여성에 대해서는 별로 흥미를 느끼지 못한다. 정복하기 어려운 것을 정복하는 데에서 남성은 쾌감을 느끼는 것이다. 따라서 예의를 지키면서도 남성을 정중하게 거절하는 용기를 보이는 여성들이 남성의 마음을 사로잡을 수 있다.

남자의 맹세를 액면 그대로 받아들이지 마라

상대 남자가 '영원히 당신을 사랑하며 앞으로도 그 마음은 변치 않는다' 라고 굳게 맹세하더라도 당신은 그 말을 너무 믿지 않아야 한다. 남자들의 속성은 그런 말을 대부분 쉽게 하는 경향이 있다. 여성이라면 마음에도 없이 그런 말을 하기란 힘들기 때문에 남자의 말을 믿게 되는 것이다.

유부남의 거짓말을 주의하라

유부남과의 사랑에 빠져 신세를 망치는 여자들이 생각보다 많다. 유부남의 다음과 같은 거짓말에 속지 말 것.

"나는 당신 같은 여자는 처음이며 각별하다. 나는 당신의 매력에서 벗어날 수 없다. 당신은 너무 순수하고 너무 아름다운 천사다. 나의 아내보다 당신이 나를 더 잘 알아주는 것 같다."

"내 평생 가장 큰 실수는 아내와 결혼한 것이다. 하지만 나는 책임을 질 줄 아는 사람이다. 너무나 고통스럽지만 아내를 무책임하게 버릴 수는 없다. 그러나 다시 태어난다면 나의 유일한 사랑은 당신뿐이다. 나는 그날을 기다릴 뿐이다."

"내 아내는 한 마리의 암탉처럼 울기만 할 뿐 무식해서 대화의 상대가 되지 못한다. 그러나 당신은 나에게 아침의 맑은 공기와 같은 느낌을 준다. 나는 당신을 통해 비로소 여자라는 존재의 참의미를 알게 됐다."

실연을 극복하라

미국의 사회학자 클리포드 커크패트릭과 세이도어 캐플러에 의한 조사에 따르면 대학 시절 학생들은 남녀 모두 연애 중 절반은 실패했다고 한다.

연애 관계가 깨진 주된 이유는 서로 관심이 없어졌기 때문이라는 것이 남학생 47%, 여학생 35%이었다. 그리고 다른 사람에 대한 관심이 생겨 사귀던 사람과 헤어진 경우는 남성 15%인데 반해 여성은 32%나 되었다. 이것은 여성이 남성의 일방적 희생자라는 통념과는 다소 다른 것이다. 연애를 그만 둘 때 그 결정을 내리는 것은 주로 여성인 것이다.

여성보다 남성이 실연 후에 지난날 연인을 꿈꾸거나, 공상을 하는 일이 많았다고 한다. 그리고 사랑의 상처에서 회복되는 기간도 여성보다 남성이 더 길다고 한다.

여자들은 애인과 헤어지게 되면 대개가 한번 실컷 울어버리는 것으로 감정을 풀고 난 뒤 친구를 찾아가 마음속의 모든 것을 털어놓으며, '모든 남자는 바보다'라고 몰아쳐 버린다. 그리고는 조용히 다음 기회를 기다린다.

반대로 남자들은 애인과 사랑이 깨지고 나면 그렇게 빨리 회복하지 못한다. 그들은 점점 내성적이 되어가고, 절대 입으로 발설하지 않는다. 그리고 상대 여성에 대한 사랑과 미움이 교차하는 시기를 꽤 오랫동안 겪는다.

어느 한 여자 또는 남자에게서 거절당하고 상처받았다고 해서 앞으로 이 세상 남자 또는 여자가 자기를 거절할 것이라고 생각하지 말라. 다른 사람이 어떤 이유로 자기를 좋아하지 않게 되었다고 해서 자기의 모든 측면이 나쁜 것은 아니다. 사랑의 실패가 인생 전체의 실패는 아니다. 사랑이 실패했다고 해서, 우리들이 나쁘거나 부족하거나 무능력한 것은 아니다.

모든 사랑의 관계가 옳은 것은 아니다. 가치관이 바뀌고 통찰력이 넓어짐에 따라 우리는 남녀 관계에 대해 보다 성숙한 시각을 가질 수 있다.

실연의 상처를 치유하기 위해 다음과 같이 해 보라.

1. 마음에서 끓어오르는 모든 감정들을 노트에 글로 써본다. 어떠한 내용이라도 상관없다. 무지막지한 욕설이라도 관계없이 배신자에게 보내는 마지막 편지라고 생각하고 모든 감정의 찌꺼기를 배설하고 나면 시원한 느낌이 든다.

2. 여행을 떠나라. 조용한 산이나 시야가 트인 한적한 해변을 찾아가라.

3. 애인은 잃었지만 친구는 남아 있다. 한동안 신경 써주지 못했던 친구들 곁으로 돌아가 그들과 어울리면 위안을 받을 수 있다.

배우자 **선택**시 이 점을 유의하라

어니스트 W. 버게스와 폴 월린은 그들의 공저《약혼과 결혼》에서
행복한 부부의 조건으로 다음을 들고 있다.

1. 가정적 배경이 비슷하다.

2. 어린 시절을 두 사람 모두 행복하게 자라났다.

3. 양쪽 부모들이 다 같이 행복한 부부 생활을 누렸다.

4. 결혼 당시 나이가 22세에서 30세이다.(적당한 연령의 결혼 상
대를 선택하여야 한다. 동일인이라도 기호, 습관, 감성의 차이가 있
는 법인데 연령차가 너무 크다면 서로가 화합하기 상당히 어렵다는
것을 각오해야 한다.)

5. 결혼 전 상당 기간 동안 애인 또는 친구로 사귀었다.

6. 부부 양쪽 모두 남녀 친구들과 활발한 교제를 가졌다.

7. 좋은 교육을 받았다.

8. 안전하고 안정된 직장을 가졌다. (여기서는 돈의 액수보다 직

장의 안정성이 중요하다. 여러 조사결과 수입이 많거나 적은 경우보다 '중간 정도'일 때 가장 행복한 것으로 나타났다. 보통의 경제력을 가진 부부가 가장 행복한 것이다.)

9. 배우자의 지성이 자기와 비슷하다고 평가되었다. (이와 아울러 성격도 비슷한 경우가 좋다. 서로 반대되는 성격은 처음에는 매력이 될지 몰라도 세월이 흐르면서 잘 조화되지 않을 가능성이 많다. 결혼문제 전문가들에 따르면 서로 성격이 반대인 남녀들은 처음에는 서로에게 이끌려 결혼하지만 나중에는 그 성격상의 차이를 혐오하게 되는 수가 많다고 한다. 성격 차가 많이 나지만 성공하는 부부의 경우는 성격 이외의 가치관, 종교, 가정 환경 등 다른 모든 조건이 비슷한 경우에만 가능하다고 한다.)

10. 가족들과 친구들이 성공적인 부부 생활을 할 것이라고 예상한다. (여기서 가족과 친구들의 견해란 진정으로 부부를 위한 것이어야 한다. 부모나 친구가 자기의 체면과 이익을 위한 견해는 제외된다.)

11. 두 사람 모두가 그들의 미래에 대해 자신을 가지고 있을 때.

12. 부부 양쪽 모두 어린애를 갖고 싶다는 강렬한 욕망을 가진 경우.

이 밖에 유의할 점은 다음과 같다.

1. 크나큰 불행을 만난 직후에 만나 결혼하면 실패할 가능성이 많다.

2. 집으로부터 벗어나야겠다는 절박감에서 결혼해서는 안 된다.

3. 첫인상이 중요하다. 서로 만나자마자 즉시 서로를 편안하게 느낀다면 좋은 부부가 될 확률이 높다. 처음에는 별로 마음에 내키지 않았지만 그 사

람과 계속 만나다가 결국 결혼하게 되는 경우도 많은데 이러한 결혼은 만족스러운 결혼이 되지 않을 확률이 많다. 그러므로 배우자감을 처음 만났을 때 자신의 직감에 물어보아야 한다. 굉장히 마음에 끌리면서도 마음 깊숙이 '안 돼'라는 소리가 들리는 경우는 관계를 끊는 것이 좋다.

4. 배우자를 선택하기 전에 상대방이 당신이 참을 수 없는 무슨 요소들을 혹시 지니고 있지 않은지 잘 살펴보라. 만일 그런 요소들이 존재한다면, 그런 것들을 참아가며 끝까지 살아갈 수 있는지를 자신에게 솔직히 물어 보라. 만일 그 대답이 '아니오'라면 그 관계를 포기하는 것이 좋다.

노력 없는 결혼의 행복은 없다

부부 관계 개선 운동의 선구자인 데이비드 메이스는 말한다.

사랑만으로는 부족하다. 서로에 대한 지식과 기술이 필요하다.

앙드레 모로아는 '결혼이란 매일 재건해야 할 건물이다'라고 말한 바 있다. 어떤 부부들은 지상의 천국에서 살기도 하고, 어떤 부부는 지옥에서 산다. 지금 당신의 결혼 생활의 점수는 몇 점인가? 이것은 자녀의 수능점수 못지 않게 중요한 것이다.

그러면 왜 결혼 생활이 전부 행복한 것만은 아닌가?

결혼 전에는 서로가 서로에게 헌신했을 것이다. 그러나 결혼 후에는 서로가 서로에게 기대만 하고 있다. 사랑은 신혼 초에는 무척 신선했고 깨도 쏟아졌겠지만 차츰 지겨워진다. 이윽고 사랑은 의무가 되고 조금도 재미있지 않다.

그리하어 수백만의 부부들이 이제 더 이상 자신들 사이에 사랑이 존재하지 않는다는 것을 알고 있다. 하지만 사회적 체면과 주위의 시선과 관습 등의 이유 때문에 서로 사랑하는 것처럼 가장하며 살고 있다.

다음에 행복한 결혼생활의 요소를 소개한다.

같이 있는 시간을 늘려라

알렌 L 맥기니스는 다음과 같은 사례를 이야기하고 있다.

내가 알고 있는 어떤 여자는 거의 30년 간 일벌레인 남편과 함께 살았다. 그녀의 인생은 주로 그녀의 가족들을 보살피느라고 소비되었다. 그녀의 남편은 절대로 그녀와 함께 많은 시간을 보내지 못했다.

그 후 놀랍게도, 그녀는 그녀보다 10살 아래인 어느 목수와 함께 살기 위해 그녀의 남편을 버렸다. 그는 근처에서 헌집을 수리하던 목수였다. 그는 대학생처럼 청바지를 입고 다녔다.

나는 그녀가 왜 전통과 아이들의 비난, 친구들의 불찬성에도 불구하고 그 목수를 따라가게 되었는지 그녀에게 물었더니 다음과 같이 말했다.

"그는 나를 위해서 시간을 내는 사람입니다. 그는 내가 원하는 모든 사소한 것들을 모두 다 나에게 안겨줍니다. 그는 한 주에 35시간을 일합니다. 그것이 전부입니다. 우리는 동물원에 가서 구경도 하고 쇼핑도 하러 다닙니다. 우리는 자주 함께 요리를 해서 촛불을 켜놓고 신나게 저녁식사를 하곤 합니다."

그녀가 언젠가 그녀의 행동을 반성할 수도 있겠지만, 이 경우는 부부가 함께하는 시간이 얼마나 소중한가를 알려 주는 교훈이 될 수 있다.

우리가 사랑하는 사람에게 줄 수 있는 최고의 선물은 '물질적 선물'이 아니라 '많은 시간을 함께 갖는 것'이다.

미국에서 조사한 바에 따르면 부부 관계가 원만하지 못한 '저명한 미국인들'의 경우, 대개 직장에서 많은 시간을 보내고 밤이 되면 사회 활동으로 나머지 시간을 써버린다. 그들은 교회 모임, 학부모 회의 등과 같은 공적인 모임에서 그들의 여가시간 대부분을 소비하고 있다고 한다.

한편 보다 행복하고 활기에 넘치는 부부들은 이와는 극히 대조적으로 부부가 서로 함께 시간을 보내려고 노력하고 있다는 것이다. 그들은 시간을 같이 보내기 위해 교회 기금모금위원회 참석도 거부하는 일이 흔하며, 그래서 친구들로부터 반사회적이라는 낙인이 찍히기도 하지만, 개의치 않는다는 것이었다.

가족이 한 가족으로서 유대감을 갖기 위해서는 가족끼리만의 행사와 의식이 필요하다. 그래야만 가족들이 각기 다른 방향으로 흐트러지는 것을 방지할 수 있는 것이다. 물론 부부가 함께 있는 것으로만은 부족하다. 집안에 같이 있더라도 부부가 서로 딴 일에 몰두한다면 수용이 없는 것이다.

작은 것들을 함께 나누는 시간을 가져라. 부부가 가끔 산책을 하는 것도 좋다. 집에서 이야기를 나누는 것과 산책을 하면서 이야기를 하는 것은 전혀 다른 느낌을 준다. 같이 자전거를 타는 것, 행복한 추억에 관한 대화, 촛불을 켜고 저녁에 특별한 식사를 즐기는 것도 좋다. 적어도 한 달에 한 번은 낭만적인 여행을 하고 호텔에서 둘만의 시간을 보내는 것과 같은 사랑의

도피를 모의하라. 주위 환경이 아름다운 곳의 데이트는 그녀의 내면에 잠
자고 있던 미의식을 일깨운다.

서로에게 **자유공간**을 주라

결혼식 때 주례는 '이제부터 신랑신부는 부부가 되었으므로 일심동체입
니다' 라고 말한다. 그러나 완벽한 일심동체란 불가능하며 바람직하지도
않다.

부부가 가능한 같이 있는 시간을 많이 가지면 가질수록 좋지만, 부부는
서로 자기만의 자유로운 공간도 가져야 한다. 릴케는 "최선의 결혼생활이
란 서로 상대방의 고독을 지켜주는 것이다."라고 말했다. 너무 과도하게 아
내가 남편 옆에 항상 붙어 있기를 원하거나, 남편이 항상 아내를 데리고 다
니기를 원하면 싫증이 나고 짜증이 나고 이윽고 벗어나고 싶은 욕구가 생
기게 된다. 부부는 자기만의 시간과 공간 속에서 휴식할 수 있을 때, 생기를
다시 얻게 되는 것이다.

여자는 남자에게 휴식을 줄 수 있어야 한다. 남자는 나날의 피로, 근심,
고통으로부터 그것을 잊어버림으로써 벗어나려고 한다. 어떤 면에서는 남
자는 여자보다 더 어린이에 가까운 것이다. 남편의 한가한 시간은 신성한
것이어야 하며, 우리들은 누구나 '그를 귀찮게하지 말 것'을 격언으로 삼아
야 한다. 사랑하는 사람은 그가 사랑하는 사람을 자유롭게 하는 법이다.

결국 부부 행복의 비결은 서로 '가까워지고자 하는 충동' 과 '자유롭고자
하는 바람' 을 슬기롭게 조화시키는 것이다. 잘 진행되는 인간 관계가 갑자

기 중단되는 까닭은 어느 한쪽이 다른 한쪽을 지배하거나 상자 속에 가두어 두려고 하기 때문에 생기는 경우가 많다. 사랑은 자유를 주는 것이다! 이것이 바로 진실한 사랑인가를 재는 척도이다.

조안 리의 책 《스무 살의 사랑 마흔아홉의 성공》에서 그녀의 남편 길로연 신부는 다음과 같이 말한다.

조안, 우리가 함께 살고 있는 것은 우리가 결혼했기 때문이 아니오. 우리는 사랑하고 있기 때문에 함께 살고 있는 거요. 만약 결혼이라는 것이 하나의 제도로서 우리의 자유를 구속한다면 그런 제도는 기댈 만한 것이 못 되는 법이오.

변화를 추구하라

결혼 생활이 따분해지는 이유는 결혼 생활을 신선한 경험으로 새롭게 만들려는 노력을 게을리해서 권태에 빠지기 때문이다.

'여자에게 결핍되어 있는 것은 자신을 변화시키는 용기'라는 말이 있다. 연애할 때는 남편될 남자를 위해 아름다움을 가꾸었지만 결혼하고 나서는 소홀한 경우가 대부분이다. 아내는 항상 무언가 새롭게 변신하도록 노력해야 한다. 남편도 마찬가지다. 가끔은 아침에 모닝커피와 간단한 식사를 만들어 잠든 아내를 깨워 함께 먹으며 하루를 설계해 보라.

불평이 있으면 곧장 솔직히 표현하라

화를 참으면 잠재의식에 쌓여서 병이 되거나 언젠가 폭발하게 된다. 이것은 펄펄 끓는 주전자 뚜껑을 애써 누르면 언젠가 폭발해서 화상을 입는 것과 같은 이치이다. 그러므로 때로는 가만히 뚜껑을 열어 제때 제때 김을 빼는 것이 중요하다. 이것은 서로 마구 화풀이하는 것과는 다르다. 서로 상대방의 아픈 데를 찌르는 말을 하거나 상대방의 가족에 대한 험담을 해서는 안 된다.

불평을 표현할 때에는 '상대방의 결점'이 아니라 '자신의 감정'을 표현하는 것이 좋다. 남편이 아내에게 무관심할 때, "당신은 더 이상 나에게 아무런 관심이 없어요."라고 말하기보다는 "내가 요즈음 얼마나 외롭고 소외당한 기분인지 당신 아세요."라고 표현하는 것이다. 남편을 비난하지 않고 자신의 감정만을 이야기하는 것이다.

부부싸움을 하는 것도 괜찮다. 그러나 행복한 부부들은 싸우고 나서도 서로에게 원한을 품지 않는다. 싸움을 다음날까지 끌고 가지 않는다.

서로의 필요를 충족시켜 주라

결혼생활에서 무엇보다도 중요한 것은 부부가 서로의 필요를 충족시켜 주는 것이다. 부부는 각자가 배우자에게 '자신을 행복하게 만드는 것'이 무엇인지를 제대로 알려 줄 필요가 있다. 왜냐하면 자기의 필요를 말해 주지 않는 사람만큼 더 사랑하기 어려운 사람은 없기 때문이다.

칼 융은 남녀의 필요가 중년이 되면 바뀐다고 지적한 적이 있다. 중년이 되면 여자들은 외부 세계에 나와 자력으로 어떤 성취를 추구하는 경향이 있으며, 남자는 경쟁에 지쳐 좀더 집안에서의 안락을 원한다. 남성은 여성적이 되고 여성은 남성적이 되는 것이다.

남편은 근무시간이 지나도 일하면서 경제적 성공만이 아내를 행복하게 만들 것이라고 생각한다. 그러나 아내는 남편이 돈을 많이 벌지 않아도, 저녁에 그와 함께 집에서 시간을 보내기를 바라고 있는 것이다.

항상 상대방의 필요를 빈틈없이 충족시켜 주는 완전한 결혼은 있을 수 없다. 그래서 부부는 필요에 관해 서로 협상하는 것이 좋다.

서로에 대한 **배려**를 아끼지 마라

한 부인이 가벼운 접촉사고를 내었다. 그녀는 운전석 옆 사물함을 열어 봉투를 꺼내었다. 그 봉투는 남편이 만일의 사고를 대비헤 그녀에게 사고가 나면 열어보라고 말한 것이었다. 그 봉투를 열었을 때 서류 앞장에 다음과 같은 말이 적혀 있었다.

여보, 만약 사고를 냈을 경우에 꼭 기억해요. 내가 가장 사랑하고 걱정하는 것은 자동차가 아니라 바로 당신이라는 사실을.

연애 시절에는 횡단보도를 건널 때 껴안다시피 하면시 보호하며 건너던 남편이 결혼 후에는 혼자 먼저 건너가 버리는 사람이 많다.

부부는 서로 신뢰하고 배려해야 한다. IMF시대에 남편이 실직하고 이혼하는 경우가 늘고 있다. 이것은 평소의 신뢰와 배려가 부족했기 때문이다. 좌절한 남편에게 희망과 용기를 주는 배려를 아내는 아끼지 않아야 한다.

서로 이기려고 하지 마라

행복한 부부는 서로를 이기려고 하지 않는다. 장차 불행하게 될 부부들이야말로 결혼 초부터 상대의 기선을 제압하려고 다투기 시작한다.

부부는 평등하다. 행복한 부부는 서로를 평등한 관계로, 동등한 인격체로 인정한다. 행복한 부부들은 '나'를 내세우지 않고, '우리'라는 차원에서 생각하고 행동한다. 그리고 자기가 잘못했을 때는 솔직히 인정할 수 있는 능력을 가진다.

행복한 부부들은 미래를 함께 꿈꾼다

행복한 부부들은 매일의 화목한 관계를 넘어서 서로서로의 꿈을 존중하고, 격려하고 뒷바라지하는 관계를 말한다. 그들은 결혼 생활에 활기를 불어넣는 공동의 꿈과 각자의 꿈을 가지고 있다.

두 사람이 진실로 사랑을 하고 있다면 서로에 대해 마음을 주고받으면서, 정신적으로 확장시켜 서로의 모습이 성숙하도록 도와줄 수 있다.

남자는 준비된 바람둥이다

킨제이는 말한다.

모든 시대, 모든 인류 문화에 걸쳐 숱한 전기류와 소설 작품들이 기혼 남성과 여성들의 혼외 정사 이야기로 묘사되어 있다는 사실은 간음에 대한 인간적인 욕구의 보편성을 보여 주는 증거이다.

성적 관심은 연령과 다른 요인에 따라 변화한다. 따라서 간통도 변화 양상을 띤다.

킨제이는 정신 노동에 종사하는 남자 대학 졸업자들이 20대에는 바람을 덜 피우다가 50대에 이르러서는 거의 일주일에 한 번씩 애정 행각을 벌일 정도로 그 빈도가 높아지는 반면에, 임금이 낮은 남자 육체 노동자들은 20대 초반에 수많은 불륜 관계에 탐닉하다가 40대에 이르러서는 성의 추구가 사라진다는 사실을 발견했다. 반면에 여성의 경우 생식 능력의 영향을 받아 30대 중반과 40대 초반에 불륜 관계의 절정기를 이루었다.

자고로 남자들은 여자보다 혼외정사에 훨씬 적극적이다. 부부간의 대화와 사랑의 기술이 없다면 그들은 성적인 흥미를 대부분 잃어버린다. 여자는 공상을 통해 만족을 얻으려 하는 반면, 남자들은 바람을 피움으로써 좌절감을 해소하려 한다. 남자들은 적당히 다른 데서 욕구를 해소함으로써 섹스에 그다지 관심을 갖지 않는 아내와 그럭저럭 잘 지낼 수 있다.

남자는 왜 그렇게 바람을 잘 피우는가?

"아무리 성실한 남자라도 준비된 바람둥이다."라는 말이 있다. 여자는 사랑하는 사람에게 실망할 때 바람을 피우지만, 남자는 사랑하는 여자가 잘해 줘도 바람을 피운다.

혼외정사를 즐기는 이유

인간이 한 명 이상의 이성을 원한다는 것은 생물학적 요인이라고 한다. 인간에게는 다양한 유전자를 남기고자 하는 본능이 있다는 것이다. 또한 남자들이 혼외정사를 즐기는 이유 중의 하나는 새로운 자극 때문이다. 아 말은 거꾸로 아내로부터 다양한 자극을 받는 사람, 즉 성행위를 즐길 수 있는 남성은 바람을 잘 피우지 않는다는 말을 시사한다. 실제로 미국의 성의학자의 통계 결과에 따르면 한 여자에게 만족을 하는 남자는 바람을 피우지 않는다고 한다.

비뇨기과 전문의 이윤수 박사는 말한다.

남편의 외도는 아내의 성적 매력에 의해서도 좌우되는 것을 알 수 있습니다. 아내가 성적으로 매력이 있으면 그만큼 아내와의 섹스가 즐겁지만 그렇지 못한 경우에는 대부분의 남편들은 다른 여자에게서 성적 만족을 얻으려는 경향이 있습니다.

정신과 전문의 박경화 박사는 열등감을 외도로 풀려는 심리를 다음과 같이 말한다.

밖에서 어떤 취급을 받더라도 아내에게만은 당당하고 싶은 것이 남자들의 심리입니다. 아내에게 열등감이나 심리적인 위축감을 느끼는 남자들의 경우 대개 외도를 통해 남자로서의 정체성을 찾으려는 경향이 있어요. 외도를 통해 일단 여자에 대해 우월감을 느끼는 동시에 열등감을 해소할 수 있기 때문이죠.

39세의 한 남성은 다음과 같이 말한다.

아내는 내가 가난한 집 맏이인 것에 무척 불만이 많았어요. 틈만 나면 신세타령이나 하고 신경질을 부립니다. 어쩌다 섹스를 하려고 해도 발기가 잘 되지 않거나 금방 사정을 해버립니다. 남자 구실을 못 할 줄 알았죠. 그런데 돈을 주고 산 여자하고는 되더군요. 아내하고는 주눅이 들어 제대로 하지 못했는데, 그곳 여자한테는 주눅들 필요가 없잖아요. 돈만 주면 시키는 대로 다해 성적으로 충분히 흥분이 되었어요.

　유부남의 불륜에 대한 동경 원인은 다음과 같이 정리될 수 있다.

　1. 안정된 생활 속에서 남자는 타성으로부터 탈출을 꿈꾼다. 결혼 후에 반복되는 똑같은 일상 생활과 부부 관계에 권태를 느낀다. 그럴 때 밖에서 새로운 충격과 신선한 활력을 찾으려 하는 것이다.

　2. 남녀가 중년에 이르면 여성은 억세지고 남성화되며, 반대로 남자는 감성적이 되고 여성화한다. 여기서 여자다운 여자에 대한 동경이 생긴다. 또한 남자들이 중년이 되면 젊음을 잃어버린 것에 대한 허전함과 좌절감을 가지며 이것을 극복하는 방법으로 젊은 여자를 찾는다.

　3. 결혼의 구조적 실패로 자기에게 이상적인 이성에 대한 동경심이 생긴다.　결혼을 파기하지 않는 선에서의 혼외 관계는 남성에게는 일종의 즐거운 모험이요 더할 나위 없는 스트레스 해소책이라고 일반적으로 남성들은 생각하고 있다.

　4. 성에 대한 자신감을 얻기 위해서이다. 많은 남자들이 자신의 능력을 성에 대한 자신감과 결부시켜 판단한다. 따라서 그들은 아내 외에 다른 여자가 있는 것을 자신의 능력에 대한 확신처럼 여기고 그렇게 되기를 바란다.

　5. 부부간에 대화가 부족해서 서로에 대한 이해의 폭이 줄어들 때 그렇게 한다. 부부가 서로 일이나 자녀교육에 몰두한 나머지 서로의 대화 시간이 줄어들면 남자들은 깊은 외로움을 느끼고 밖에서 자신에게 위로를 줄 수 있는 여자를 찾게 된다. 그 여자들에게서 새로운 만족감과 위안을 얻으려는 것이다.

여성의 혼외 성교의 비율이 증가하는 요인은 대중매체에서 남녀간의 부정을 강조한 정보의 범람 현상, 생활의 기계화 · 자동화로 인한 주부들의 여가시간의 증대, 직장 생활을 하는 여성 및 교육 수준의 증가를 들 수 있다. 사실상 직장 여성들의 부정의 비율이 그렇지 못한 여성보다 높으며, 교육수준이 높은 사람이 낮은 사람보다 혼외 성교의 비율이 높다고 한다.

아내의 경우 남편으로부터의 관심과 육체적 애정, 그리고 대화가 부족하면 외도할 가능성이 많다는 것을 남자들은 명심해야 한다.

불륜에 이렇게 대처하라

불륜 예방법으로 다음과 같은 사항들이 있다.

1. 당신의 성생활을 점검하라.

상담 결과에 의하면 상당수의 부인들이 남편이 외도한다는 사실을 안 후 남편을 거부하는 대신에 오히려 성 관계를 적극적으로 한다는 사실이 밝혀졌다. 이것은 여성들이 무의식적으로 남편을 되돌아오도록 하기 위해 더욱 성적으로 흥분되고, 성욕 또한 갑자기 왕성해져 침실에서 더욱 적극적으로 남편을 대하게 된다는 것이다. 만일 당신에게도 배우자를 되돌아올 수 있게 하는 성적인 능력이 있다면, 혼외 관계를 방지하기 위해 평소에도 그렇게 할 필요가 있다. 섹스를 수동적으로 받아들이는 여성은 남편의 요구에 대해 수동적인 거부를 하고 있다는 사실을 명심할 필요가 있다.

2. 불륜에 대한 당신의 생각을 말하라.

만일 그런 일이 일어난다면 나는 매우 큰 상처를 입게 될 것이라고 분명히 말하라.

3. 배우자와 너무 오래 떨어져 있지 않도록 하라.

남편이 일에 매달려 온 정신을 팔고 있는 동안 아내들이 다른 남자를 찾는 것은, 남자의 애무를 원하기 때문이 아니라 대화 상대를 원하기 때문이라고 한다.

4. 적극적인 말로 강화시켜라.

때때로 칭찬이나 감사의 말은 어떤 위협이나 잔소리보다도 배우자의 행동을 바꾸는 데 효과적이다.

5. 서로의 필요를 제대로 충족시켜 주고 있는지 검토하라.

부부싸움의 주된 원인은 부부가 서로의 필요를 충족시켜 주지 않기 때문이며, 이것이 누적되면 불륜으로 나아갈 수 있는 것이다.

불륜이 일어났다면 어떻게 할 것인가?

상대방의 불륜을 알았을 때, 남녀는 서로 다르게 대처한다. 남편이 바람을 피는 것을 알아차린 아내의 대부분은 상대 여자의 소재를 찾아 전화를 걸거나 직접 담판을 짓기 위해 만난다. 그러나 남편이 아내가 바람을 피는 것을 안 경우는 좀 다르다. 남자들의 질투심은 여성 이상이다. 그러나 상대방 남자를 만나러 가는 경우는 별로 없다. 이것은 자신의 체면 때문이다. 만남으로써 자신이 상처 입고 콤플렉스를 갖게 될지도 모르는 두려움을 갖고 있다. 아내가 자신과는 만족하지 못하는 성행위를 그 남자하고는 만족한다고 상상하는 것은 남자에게는 치명적인 타격이며 수컷으로서의 패배를 의미하는 것이다. 얼마나 못났으면 애인이나 아내 간수 하나 못 하는 팔

불출일까라고 여길까봐 두려워하는 것이다. 질투는 곧 능력 없는 남자의 표시인 것이다.

끝이라고 생각하지 마라

불륜이 발생했을 때에 대처하는 방법에는 다음과 같은 사항들이 있다.

1. 포기하지 마라.

그것이 마치 세상의 끝이라고 생각하지 마라. 신이 원하지 않는 한 배우자의 외도가 결혼의 파국을 의미하지는 않는다. 수많은 사람들이 그들의 배우자를 극진히 사랑하고 또 그들의 결혼이 영원하기를 바라면서도 일시적인 외도를 하는 경향이 있다. 그런 외도는 세상의 종말이 아니다. 과거에 그런 일을 겪고 난 후, 훌륭한 결혼 생활을 해나가고 있는 부부들도 많다. 자신의 실수를 잘 참아내준 배우자에게 무한히 감사한 마음을 가지게 된다. 결혼은 파괴시키기에는 너무나 신성한 것이다. 함부로 그 관계를 깨트려서는 안 된다.

2. 당신의 감정을 억제하지 말라.

울고 싶으면 실컷 울어라. 찰스 디킨스는 "울음은 폐를 활짝 열고, 얼굴을 씻고, 눈을 깜박거리고, 그리고 기분을 가라앉게 하여 결국 울음을 그치게 한다."고 말한다. 그러나 폭력을 행사하거나 극단적인 방법을 취하지는 마라.

3. 상황을 분석하라.

상황을 살펴보기 전에 남편 또는 아내를 떠날 판단을 내리지 마라. 상태가 좋아질 수도 있다.

4. 자세한 상황을 묻지 마라.

배우자에게 모든 것을 소상히 털어놓으라고 협박하지 마라. 아내나 남편에게 과거의 고통스러운 사건을 고백시키는 것은 상처를 주는 것이다.

5. 앙갚음하지 마라.

무슨 일이 생겼든 간에 똑같이 앙갚음하려고 하지 마라. 같이 불륜을 저지르지 말 것.

6. 먼저 변화를 시도해보라.

부부 관계가 없을 경우 적극적인 변화를 주어보라.

특히 여성은 다음 사항에 유의하라.

1. 이런 사태가 우선 남자에게 있는 만큼 자존심을 잃지 않아야 하며 자신의 생활을 엉망으로 만들어서는 안 된다.

2. 극도로 흥분한 상태에서는 어떠한 결정도 내려서는 안 된다. 마음을 안정시키고 난 뒤 결정해도 늦지 않는 것이다.

3. 헤어지든 용서하고 넘어갈 결정을 하든 그가 다른 여자를 좋아하게 된 것이 당신보다 그 여자가 더 낫기 때문이 아니라 그저 당신과 오랫동안 살아온 탓에 새로운 느낌을 주는 그 여자에게 잠시 관심이 갔을 것이라는 생각을 해야 한다.

4. 남편이 죽도록 후회하고 있다면 한번쯤 용서해 주는 것이 어떤가. 그런 경험이 전화위복의 기회가 되어 부부간의 정을 두텁게 하는 세기가 될 수 있다.

남 · 성 · 여 · 성 · 산 · 뜻 · 하 · 게

보다 넓고
깊은 사랑을
위하여

사랑은 능력이다

사랑에도 급수가 있다, 바둑에도 급수가 있듯이. 테레사 수녀는 10단, 슈바이쳐는 8단, 간디는 9단 정도가 되지 않을까.

그렇다면 우리의 급수는 어떠한가?

우리는 매일 영어 공부를 하여 토익 점수를 높이려고 노력한다. 열심히 돈 벌어 아파트 평수, 자동차 배기량을 올리려고 한다. 열심히 일하여 계장에서 과장으로, 과장에서 부장으로 직급을 올리려고 한다.

우리 사회에서 성공이란 모든 영역에서 높은 서열에 오르는 것이다. 그곳에 도달하기 위해 공부하고 일하며 심지어 부정을 저지르기도 한다.

그리하여 행복을 느끼는가?

행복을 '생각'할 수는 있다. 남보다 좋은 집, 자가용, 은행의 예금 액수, 높은 지위를 가지고 있기 때문에 자신이 행복하다고 '생각'은 할 수 있겠지만, 진정한 행복을 '느낄' 수는 없다. 진정한 행복은 마음이, 영혼이 느껴야 하는데 그 마음이, 영혼이 굳어져 버려 제대로 느낄 수 없게 된 것이다.

그래서 정말 중요한 것은 우리의 '사랑의 급수'를 높이는 것이다. 사랑의 급수가 낮은 사람은 제대로 행복을 느낄 수 없다. 급수가 높은 사람은 검소한 생활, 소박한 식사만으로도 행복을 제대로 느낀다. 우리가 시간과 에너지를 가장 많이 투자해야 할 것은 바로 사랑과 능력을 계발하는 것이 아닌가! 그러나 사랑을 교육하는 곳은 없다. 학교에서도 사회에서도 사랑의 능력을 제대로 가르쳐 주는 곳은 없다.

오늘날 우리 사회는 병적인 사회가 되었다. 매일 뉴스 시간에는 수많은 사고와 비리들이 보도되고 있다. 각자는 '행복을 느끼기' 위해서가 아니라 '더 많이 가지기' 위해서 열심히 노력들을 하고 있다. 그러나 그 노력들은 방향을 잘못 잡은 것이 아닐까? 위장된 행복, 사이비 행복, 남들의 시선을 위한 행복을 추구하다가 진정한 행복을 잃어 버리고 있는 것은 아닐까?

사랑의 등급을 높여야 한다. 사랑의 등급을 높이기 위해서는 어떻게 해야 하나? 우리의 감성을 계발해야 한다. 느끼는 수준을 계발해야 한다. 존재에 대한 따뜻한 시선을 계발해야 한다. 대화하고 감정 표현하는 방법을 배워야 한다. 우리가 가지고 있는 잘못된 지식을 제거해야 한다. 마음을 비우는 연습을 해야 한다. 조용히 앉아서 우리 속에 있는 진정한 영혼이 무엇을 갈구하는가를 들어야 한다. 그리하여 인생의 목표와 그 목표에 이르는 방법을 재조정해야 한다.

이러한 사소한 연습을 계속함으로써 사랑의 등급은 올라갈 수 있다. 우리 사회에서 대부분의 사람들의 마음은 사랑의 급수가 아니라, 미움의 급수가 너무 높다. 증오의 급수가 너무 높다. 미움이 몇 단들이나 되는지 모른다. 미움의 급수가 높을수록 인생은 불행하고 삶은 괴로울 뿐이다.

사랑의 유단자가 되도록 하라. 그러나 우리 사회에는 탐욕의 유단자, 증오의 유단자, 권력 욕심의 유단자가 판을 치고 있다. 우리 사회를 좌지우지하고 있는 정치인, 관료, 기업가들을 보라. 그들에게서 사랑의 미소를 찾을 수 있는가. 우리 사회에 사랑의 유단자들이 늘어날 때, 국민 전체의 사랑의 등급이 높아질 때 우리 사회는 안정되고 행복한 사회가 될 수 있을 것이다.

중요한 것은 좋은 사람이 되는 것

수많은 사람들이 좋은 사람을 못 만났기 때문에 사랑하기 어렵다고 말한다. 그러나 중요한 것은 좋은 사람을 찾는 것이 아니라 좋은 사람이 되는 것이다. "지금까지 적당한 사람이 없어서 멋진 사랑을 못했지만, 멋진 짝을 만나면 정말 환상적인 사랑을 할 수 있다."고 말하는 사람은 "나는 아직까지 피아노를 못 치지만, 성능 좋은 피아노를 구입하면 멋지게 명곡을 연주할 수 있다."고 말하는 것과 같다.

좋은 그림은 모델이 아름답기 때문이 아니다. 화가의 능력이 뛰어나기 때문이다. 훌륭한 화가는 어떤 대상이라도 아름답게 그릴 수 있다. 더욱이 시시한 것조차도 그 능력에 의해 아름답게 표현할 수 있다. 좋은 사람은 선량한 사람들만이 아니라 추악한 사람들까지도 사랑할 수 있고, 그 사랑에 의해서 그들을 좀더 좋은 사람, 아름다운 사람으로 개선시킬 수 있는 것이다.

얼굴이 못생긴 남자가 잘생긴 남자보다 수많은 여자들에게 인기가 있고, 부와 권력이 없는 사람이 주위에 많은 친구들이 몰려드는 경우도 많다. 그들은 사랑과 우정의 능력이 있기 때문이다.

사랑하는 능력 역시 배우는 것이다. 사랑이란 누구나 마음먹은 대로 되는 것이 아니며, 감정의 놀이만도 아니며, 사랑할 수 있는 능력과 재주와 그리고 동기를 가지고 있을 때 가능한 것이다.

그러므로 진실로 사랑을 하고 싶으면, 먼저 사랑의 능력을 키워야 한다. 사랑 능력을 키우기 위해서는 공부를 하고 연습을 해야 한다. 우선 나를 사랑하고 나아가 내 주위의 사람들에게로 사랑을 확대해 가는 연습을 해야 한다.

인간은 사랑할 때, 자신이 미숙한 사랑을 배웠으면 미숙한 사랑을, 자유로운 사랑을 배웠으면 자유로운 사랑을, 창조적인 사랑을 배웠으면 창조적인 사랑을 하는 법이다. 사랑의 규칙 몇 가지와 교묘한 기술 몇 가지만으로 결코 오래 가지 못한다. 사랑하는 사람들은 서로가 상대방이 생각하는 '사랑의 구체적 의미와 내용'을 잘 알고 있어야 한다. 그러기 위해서는 어떤 말, 어떤 행위, 혹은 어떤 태도가 각자로 하여금 진실로 사랑받고 있다고 느끼게 하는지를 서로 솔직히 말해야 한다.

멋진 사랑을 즐기는 사람들은 배우자의 필요에 대해 지대한 관심을 갖고 어떤 것, 어떤 경험, 어떤 즐거움이 사랑하는 사람에게 기쁨을 주는지를 알고 있고, 실제로 사랑하는 사람에게 제공하기 위해 최선을 다하는 사람들이다. 부모의 자식에 대한 사랑, 자식의 부모에 대한 사랑, 친구 사이의 우정도 마찬가지다. 상대방이 절실히 원하는 것을 충족시켜야 한다.

부모 사랑은 왜 중요한가

인간은 사랑하기 전에 먼저 사랑받지 않으면 안 된다. 그리고 깊이 사랑받은 사람일수록 남을 깊이 사랑할 수 있다. 사랑의 능력은 유아기 때 부모와의 애착 관계에서부터 아동기 및 사춘기에 이르기까지 가족 및 그 밖의 사람들과의 인간 관계에서 생긴다. 그러므로 사랑받는 체험이 무엇보다 중요하다. 항상 사랑 속에서 자란 사람은 사랑하는 능력이 크다.

발달심리학에서는 생후 6개월에서 2세 전후에 이르기까지의 시기가 유아가 안정된 애착 관계를 형성하는 데 결정적인 시기로 본다. 그러나 사랑은 모체 내에서부터 받기 시작한다. 모체와의 관계에서 애정의 장애가 발생할 때 타격이 클 수 있다. 임신기간 중 태아의 영향에 관해 프랑스에서 다음과 같이 보고된 사례가 있다.

자폐증에 걸려 통 말이 없는 네 살 짜리 여자아이가 있었다. 파리의 의과대학에서 언어심리학을 강의하는 앨프리드 토머티스 교수가 이 아이의 치료를 맡았는데, 처음에는 아무리 말을 붙여봐도 통 반응이 없었다. 한 달 정도가 지나자 비로소 입을 열기 시작했다. 그런데 치료과정에서 좀 이상한 사실이 드러났다. 불어가 아닌 영어로 말을 걸 때마다 효과가 있었던 것이다. 부모는 아이에게 영어를 가르친 적이 없었고 집에서는 영어를 거의 쓰지도 않았다. 나중에 소녀의 어머니가 임신중에 무역회사에서 근무하면서 거의 영어만 썼다는 사실이 밝혀졌다.

임신중 어머니의 영향이 얼마나 큰지를 단적으로 나타내는 실례라고 할 수 있다. 아기는 자신이 사랑받고 있는지 아닌지를 본능적으로 느낀다.

발달심리학자 에릭슨은 인간은 태어난 첫해에 '신뢰' 아니면 '불신'의 체험이 이루어진다고 한다. 그러므로 태어난 첫해가 사랑 능력의 발전에 대해 큰 의미를 갖는다. 어린이가 주변 세계를 신뢰하면 그는 자신을 열게 될 것이고 점점 더 스스로 사랑을 줄 준비를 갖추어가게 된다. 그렇지 못하면 어머니나 아버지를 무서워하게 되고 움츠러들게 되어, 자신의 삶을 사랑하면서 주변세계를 향해 나가지 못하게 된다. 그는 점차 자신의 태도나 느낌들을 계산하게 되고 자기 스스로 조종당하게 된다. 항상 사랑을 받지 못할까, 잃지 않을까 불안에 싸인다.

건강하게 자라나 발전하고 있는 인간은 우선 사랑하는 것을 배우고 다음에 비로소 성의 즐거움도 만나게 된다. 그러나 사랑의 능력이 어린 시절에 계발되지 못했을 경우, 성적 쾌감을 알고 난 뒤부터는 성적 쾌감만을 추구하게 되고 언제까지나 늘 영혼이 충족되지 못하는 정신적 미성숙의 상태에 머물게 된다.

그러나 사랑의 능력이 유년 시절에 충분히 계발되면, 성적 쾌감이라는 새로운 체험은 한 인간에 대한, 자연에 대한, 모든 사물과 현상에 대한 사랑을 풍요롭게 하는 경이로운 경험이 된다.

부모는 사랑의 본보기이다. 아버지가 술주정뱅이이면 딸은 술 먹는 사람을 사랑하지 않을 가능성이 크다. 부모의 애정 관계의 모습이 아이들에게 큰 영향을 준다.

사랑이 부족한 가정 출신 아이는 행복을 물질적인 것으로 대체하는 경향이 있다. 또한 너무 과잉 사랑을 하면 이기적이 될 가능성이 크다.

감수성을 계발하라

　사랑의 능력 계발을 위한 기초는 감성 계발이다. '깨어 있는 감수성'이 필요하다. 사랑은 머리로 하는 것이 아니라 감성으로 하기 때문이다. 인간은 이성적 동물이라 불린다. 이성의 사고작용을 통해 인간은 오늘날 기술과 물질적 풍요를 이룩했다. 교육에서도 전적으로 학생들의 지적 능력을 계발하는 데 치중해 왔다. 결과적으로 우리의 감성은 계발되는 것이 아니라 억눌러지고, 유연해지는 것이 아니라 딱딱하게 굳어져 버렸다.

　이성의 기능은 '생각하는 것'이지만, 감성의 기능은 '느끼는 것'이다. 감성이 중요한 이유는, 행복을 느끼고 사랑을 느끼고 아름다움을 느끼는 것은 바로 감성의 기능이기 때문이다. 감성이 굳어지면 우리는 행복을, 사랑을, 아름다움을 제대로 느낄 수 없다. 그 대신 우리는 행복에 대해 '생각'할 뿐이다.

　행복을 '생각하는 것'과 '느끼는 것'은 다르다. 사과의 맛을 생각하는 것과 깨물어서 맛을 보는 것은 다르다. 이성적 사고는 내가 고

위 공무원이므로, 재산이 많으므로, 고급 승용차를 타므로 내가 행복하다고 생각한다. 그러나 이것은 생각하는 것이지 느끼는 것이 아니다.

이렇게 우리는 진정으로 행복한 것이 아니라 생각으로만 행복한, 남들이 그렇게 부럽게 생각하기 때문에 행복한 가짜 행복을 가지는 것이다. 그래서 지위가 높고 돈이 많아도 무언가 가슴이 허전하고 삶이 충만하지 못하는 것이다.

행복을 생각만 해서는 행복으로 충만할 수 없다. 행복은 느끼는 것이다. 이것은 우리의 감성이 열려 있고 제대로 느낄 수 있을 때 가능하다.

예를 들어 우리가 장미꽃을 볼 때, 장미의 형태와 색상을 눈으로 보고 향기를 코로 맡으면서 순수하게 장미를 우리의 감성 속으로 받아들일 때 장미의 아름다움을 느낄 수 있다. 그러나 '저기 장미가 있구나', '여러 송이가 피어 있구나', '저것은 보기에 좋구나', '한 송이 얼마 할까' 등으로 머릿속으로 생각하는 것만으로는 장미를 감상할 수 없다. 그런 생각만으로는 우리의 영혼은 만족할 수 없다. 그래서 우리는 늘 영혼의 영양실조에 시달리는 것이다. 이것이 현대인이 물질적으로 풍요롭지만 고독하고 불행한 이유가 아닐까?

감성이 풍부하면 가난해도 행복을 느낄 수 있다. 그러나 이성적 사고는 집이 좀더 넓어야, 새차를 사야 행복할 것이라고 말한다. 사고의 계략 속에 우리는 지금 이곳에서 행복할 수 있음에도 불구하고 행복을 못 느끼고, 그리하여 미래에 강요된 행복을 위해 우리 자신을 돈벌이에 혹사시키게 되는 것이다.

우리가 사람을 처음 볼 때는 순수하게 첫인상으로, 첫 느낌으로 본다.

다음과 같은 실화가 있다.

프랑스 한 휴양지에 매년 여름 때마다 두 부부가 만나서 일주일 동안 휴가를 함께 즐겼다. 그들은 식사를 같이 하고, 대화를 나누면서 즐겁게 보냈다. 그러던 10년째 되는 해 우연히 상대방의 직업을 묻게 되었다. 그때까지 서로 직업을 물어보지 않았던 것이었다. 한 남자의 직업은 대학 총장이었고, 또 한 남자는 정육점 주인이었다. 그런 것이 그들에게는 중요하지 않았던 것이다.

그러나 우리의 경우는 어떠한가?

우리는 만나자마자, 혈연, 지연, 학연, 직업, 종교, 빈부 등의 요소들을 확인하여 그 사람에게 생각의 껍데기를 씌워서 보게 된다. 이것이 사고의 분별작용인 것이다. 그래서 우리 사회에는 순수한 인간적인 만남이 드물고, 사랑보다 미움이 가득한 것이 아닐까?

우리는 그 동안 굳어버린 감성을 회복해야 한다. 그래야 진짜로 행복할 수 있고, 사랑할 수 있다. 그리고 사회도 건강할 수 있다.

사랑을 억지로 강요할 수는 없다. '이 꽃의 아름다움을 느껴보겠다'는 의지만으로는 꽃의 아름다움을 느낄 수는 없다. 마찬가지로 '이 사람을 사랑하겠다'는 의지만으로는 사랑이 생기지 않는다. 그러나 감수성이 풍부한 사람은 저절로 그렇게 된다.

어릴 때는 감성이 풍부하다. 그러나 살아가면서 머리를 많이 굴리면서 감성은 무디어져 간다. 머릿속이 여러 가지 계획과 야심 있는 목표로 가득 차 있는 동안 감각은 점점 무디어져 간다. 그래서 '젊은 시절의 사랑과 노년의 사랑은 다르다' 라고 말한다. 그러나 감수성이 풍부한 사람은 늙어서도 젊은이처럼 사랑을 할 수 있다.

날마다 자기 자신과 남들을 새로운 눈으로 보는 감성적인 육십대라면 그는 젊은 사람과 똑같은 사랑의 능력이 있다. 늙은 것은 몸이지 영혼은 아니기 때문이다.

늙어서 사랑의 능력이 줄어드는 것은 우리가 현실적이고 물질적인 영역을 탐욕스럽게 추구하고 있기 때문이다. 저마다 설정한 기준에 따라 행복을 찾는데 몰두하면서 몸뿐만 아니라 정신을 더욱 병들게 했고, 늙어버리게 한 것이다. 그러나 우리의 영혼이 무디어지지 않는 한 사랑은 변함이 없다.

시간을 초월하는 감성

숲을 지나갈 때 이성은 '전에 가 본 것을 왜 가는가'라고 말한다. 그러나 감성은 같은 숲이라도 날마다 새롭게 체험한다. 오성에게는 단순한 반복에 불과한 것이 감성에게는 언제나 신선하고 새롭고 경이로운 것이다. 오성이 멈추고 감각이 열릴 때 모든 권태와 기존의 지식덩어리는 사라져 버리고 감성적·명상적 상태가 된다.

명상적이고 감성적인 상태에서 우리는 '다르게' 본다. 평범한 일상적인 것 속의 아름다움을 느낄 수 있다. 이런 아름다움의 체험들은 우리 내면의 불안과 긴장을 해소하고 삶의 기쁨을 주고 사랑의 능력을 키우는 것이다.

우리가 일상 속의 아름다움을 감각적으로 인식하면, 날마다 시시콜콜한 일들이 되풀이되어도 우리는 일상 생활을 사랑할 수 있다. 비록 가난하고,

지위가 낮더라도 삶은 충만할 수 있다.

감성과 명상적인 태도로 사람들을 바라보라! 그렇게 바라보면 그는 아주 개성적인 아름다움을 지닌 채 나에게로 다가온다. 한 인간을 유심히 바라보며 완전히 내 안으로 받아들이면, 내가 그의 말에 귀 기울이면, 무엇인가 관철시키려 하지 않고 불안 없이 고요히 있으면, 그럴 때 우리는 그 사람의 개성 가운데서 그의 아름다움을 볼 수 있다. 물론 추한 것도 볼 수 있다. 그러나 추한 것도 또한 아름다움을 갖고 있으며 아름다움 속에도 추한 것이 함께 주어져 있다. 사랑은 그 둘 다에 대하여 가능하다.

말하자면 감성 속에서는 아름다움과 추함 둘 다 강렬하게 체험된다. 둘다 새로운 광채와 신선함을 얻는 것이다.

감성은 시간을 초월한다. 시간 초월의 상태는 완전히 현재 속에 살고 있을 때, '지금, 여기'에 몰입해 있을 때이다. 나는 오직 순간에 열중한다. 어제도 내일도 존재하지 않으며 오직 지금만이 존재한다. 이것은 졸고 있는 상태, 최면의 상태가 아니라 또렷하게 깨어 있는 상태, 명상의 상태이다. 이런 상태 속에서는 과거도 미래도 없고 다만 강렬한 현재 체험만이 존재한다.

이성과 사고는 시간 속에 살고 있다. 과거를 후회하고 미래를 걱정한다. 그러한 시간에 얽매임은 우리가 자유롭게 체험하는 데 방해 요소가 된다.

그러므로 사랑하는 능력은 현재에 충실할 수 있는 능력과 비례한다. 감성적인 인간은 현재에 대해 자신을 온전히 열며 순간 순간 감각이 깨어 있다. 깨어 있는 감각은 '인간의 살아 있음'의 전제이다. 대부분의 사람들은 감성이 예민하지 못하며 무디고 둔하기 때문에 내적인 생명의 환희를 체험하지 못한다.

긍정적으로 주시하라

간디는 사람들을 대할 때 그들의 단점을 보려고 하지 않았다고 한다. 그는 사람을 현재의 모습대로가 아니라 그 사람 안의 선하고 좋은 점이 발휘되어 훌륭한 인간이 된 미래의 모습으로 변화시켜 상대했다고 한다.

미움이 부정적인 주시인 데 반하여 사랑은 긍정적이고도 적극적인 주시이다. 주시란 다른 사람을 마주한 주목이고 마음의 깨어 있음이다. 깨어 있되 상대방의 잘못을 찾아내려는 비판적 깨어 있음이 아니라 긍정적 관심을 가진, 긍정적으로 이해할 용의를 가진 자세로서의 깨어 있음이다.

주시는 인간에 대해서만 일어나는 것이 아니다. 그것은 나를 둘러싼 모든 것, 즉 이 세계에서 이 순간 일어나고 있는 모든 현상, 지금 존재하고 있는 모두에 일어난다. 나무와 꽃, 구름, 사람과의 대화 등 모든 현상과 관계된다.

이러한 주시는 성인이 될수록 능력이 떨어지는데 어린이들은 어른들보다 주시의 능력이 크다. 그것은 나이가 들면서 사람들은 대상에 관해 많이 알고 있다고 생각하기 때문에 대상에 순간적으로 주목하는 능력, 마음을 열고 바라보는 능력을 상실하기 때문이다.

대부분의 사람들의 주시는 부정적이고 증오에 찬 경우가 많다. 증오에 찬 주시는 부정하고, 경멸하고, 경쟁해서 이겨보겠다는 주목과 깨어 있음이다.

그러나 사랑이 담긴 주시는 긍정적이다. 그것은 사랑하는 아이를 바라보는 어머니의 주시와 같다. 생을 긍정하는 아름다운 주시만이 사랑에 이를 수 있다. 모든 살아 있는 것을 향해 열려 있는 정신만이 인간과 세상에 대한 폭넓은 사랑에 이를 수 있는 것이다.

사랑한다는 것은 주시하는 것

《성자가 되기를 거부한 수도승》에 다음과 같은 이야기가 있다.

한 성인은 제자가 되기를 원하는 수많은 사람들을 물리친 후 한 사람을 제자로 맞았다. 사람들이 그 이유를 묻자 다음과 같이 대답했다.

"지금까지 온갖 종류의 사람이 이곳을 거쳐갔지만 마치 연인을 보는 것처럼 깊은 사랑의 눈길로 찻잔을 바라본 사람은 이 사람이 처음이다."

모든 살아 있는 것에 관한 애정 어린 주시는 사랑의 능력의 기초이다. 가슴을 열고 모든 생명 있는 것들을 주의 깊게 주시하는 사람은 사랑의 상태에 있다.

사랑한다는 것은 주의와 주시를 기울여 주는 일이다. 주시를 주는 것과 받는 것은 다르다. 주는 것은 능력이 필요하지만 받는 데는 특별한 능력이 필요 없다. 사랑할 줄 아는 사람은 주시를 준다. 그리고 그 답례로 무엇을 받을까 결코 묻지 않는다. 그런 사람은 주시하는 그 자체에서 이미 많은 행복과 만족을 얻으므로 더 이상 받을 필요가 없다.

끊임없이 대화하라

캐나다 작가 로버트슨 데이비스는 '결혼에서 섹스보다 중요한 것이 대화'라고 말한다.

여론조사에 의하면 여성들은 그들의 배우자들이 자기들의 문제를 솔직하게 털어놓지도 않고, 자기들의 감정도 표현하지 않고, 아내의 말에 귀 기울이지도 않는다고 실망감을 표시한다고 한다.

대화에 대한 남녀의 의미 부여는 큰 차이가 있다. 여자들은 하루의 사건들과 감정의 변화들을 표현하는 대화를 통해 하루를 정리하고 상대방과 친밀감을 확인한다. 그러나 남자에게 있어서 대화란 어떤 문제가 발생했을 때 이를 해결하기 위한 수단으로 필요한 경우가 많다. 특별한 문제도 없는데 여러 가지 이야기를 장황하게 하는 것은 쓸데없는 시간낭비라고 생각하는 경향이 강하다.

남성들은 자기들의 배우자와 얼굴을 마주보는 휴식 시간을 갖고 대화에 열중하고 능동적으로 귀를 기울이기만 한다면 가정 생활을 개선할 수 있으며, 여성들은 최소한 한 가지라도 말없이 남성과 상호 협력할 수 있는 여가 활동을 가질 필요가 있다.

로이스 와이즈의 시집 《사랑 얘기》 속에 다음과 같은 시가 있다.

텔레비전 결혼 생활이 너무나 많아

화면의 배경 앞에서

삶의 역할을 맡아 연기를 해내고

방안을 가득 채우는 두 사람의 생활 대신에

두 삶은 열한 시 뉴스와 더불어 따로 존재하며

광고 영화가 끊임없이 그 삶을 토막낸다.

너하고 내가 얘기를 하는 대신에

딕과 조니(TV토크쇼 사회자)와 그들의 초대손님이 얘기를 한다.

너는 나하고 같이 웃지를 않고

나는 너와 더불어 웃지를 않는다.

텔레비전에서는 온갖 재담이 쏟아져 나온다.

그리고 그 재치에 우리들은 같이 웃는다.

우리들이 대화를 피하면 피할수록

그만큼 더 관계는 수동적이 된다.

텔레비전은 우리들로 하여금

삶을

단역 배우처럼 짤막한 대화만 외며 살아가게 한다.

그리고 우리들이 대화에 실패하면 실패할수록

얘기를 하기가 그만큼 더 어려워진다.

노벨상 수상자 제인 아담스는 "학교에서 돌아온 여러분의 자녀가 부모와 애기하고 싶어할 때, 준비하던 저녁식사가 타서 연기가 나더러도 먼저 아이들과 대화하는 것이 낫다."고 말한다.

가능한 대화를 많이 해야 한다. 대화를 하지 않은 것은 대화할 시간이 부족한 것이 아니라 대화의 의미나 중요성을 깨닫지 못하고, 대화의 요령과 기술이 부족하기 때문이다.

대화에서 중요한 것은 말하는 것 못지 않게 잘 듣는 것이다. 폴 틸리히는 '사랑의 첫 번째 의무는 듣는 것이다' 라고 말한다. 칼 메닝거는 "듣기는 인간교제 중에서 가장 힘있고 영향력 있는 최고의 기술이다."라고 말한다.

브랜다 위랜은 말한다.

듣는다는 것에는 참으로 이상한 마력을 지닌 창조적인 힘이 있다. 우리는 우리의 얘기를 잘 들어주는 사람들을 가까이 하고 또 마치 자외선이 우리에게 엄청난 효능을 갖고 있는 것처럼 그런 사람들 옆에 가까이 있고 싶어진다. 우리 얘기를 듣는 이가 있을 때 우리는 가슴이 후련히 열리고 자기 확대의 기분 속에 재창조되어 간다. 남을 말을 듣는다는 것은 그 사람을 행복하고 자유롭게 만들며 끊임없이 새사람으로 변화시켜 준다. 남의 말을 듣지 않고 자기 말만 하는 사람은 그 사람의 생각과 존재의 표현을 거부하는 사람이다. 우리의 얘기를 잘 들어주는 사람이 있을 때 우리는 마음속의 샘물이 솟아나기 시작하고 새로운 사상과 예기치 않은 웃음과 지혜가 방출되기 시작함을 알게 된다.

문제를 잘 들어주면 당신은 그로 하여금 내부에 묻혀 있던 문제를 끄집

어내도록 도와줄 수 있기 때문에 결국 문제가 분명해지고 그래서 스스로 어떤 결론에 도달할 수 있게 되는 것이다.

논쟁을 피하기 위해서는

대화는 인간 관계의 가장 중요한 요소이지만, 논쟁은 가장 파괴적인 요소이다. 논쟁을 피하기 위해 우리가 기억해야 할 것은, 상대방이 못마땅해하는 것은 말하는 '내용'이 아니라 말을 하는 '방법', 즉 '태도'라는 사실이다.

남자가 늦게 집에 들어왔을 때, "당신, 어떻게 이렇게 늦을 수가 있어요?"라거나 "왜 전화 안 했어요?"라고 말하면 남자들은 "늦게 들어오는 이유가 있을 수 없어요, 당신은 무책임한 사람이에요."라고 해석한다. 그 대신에 "당신이 늦게 들어오는 건 정말 싫어요. 걱정도 되구요 다음에 늦을 땐 미리 전화해 주면 참 고맙겠네요"라고 하는 것이 효과적이다.

감정을 표현하라

다른 남자와 사랑에 빠진 한 유부녀는 이렇게 말했다.

남편과는 사무실 이야기, 아이들 이야기뿐이었어요. 가정에서 일어날 수 있는 문제들이 대화의 내용 전부였습니다. 나는 거의 내 느낌이나 생각 따위를 말하지 않았고, 그렇다고 해서 부족감을 느낀 것도 아니었어요. 그런데 새 애인을 만나면 이상하게도 내 속에 숨어 있던 생각과 느낌들이 마구 쏟아져 나오는 것입니다.

심리학자 시드니 주라드는 말한다.

사람이 습관적으로 자기를 드러내지 않고 주저하다 보면, 정신분열에 이르게 되고 반대로 솔직히 자기를 드러내면 정신과 육체가 모두 건강해진다.

우리가 진실을 감추고 자기 감정을 억누를 때마다 사랑할 수 있는 능력은 점점 감소된다. 억압된 감정이 차곡차곡 쌓이다 보면 엉뚱한 곳에서 폭발해 버릴 수도 있고, 감정이 완전히 죽어 버릴 수도 있다.

과거에 풀어 버리지 못한 감정들은 현재의 감정에 혼란을 초래한다. 왜 그런가? 감정들은 각각 이유를 가지고 일어난다. 그래서 그것이 이해되고 달성되기 전에는 잠재의식에 쌓여 있는 것이다. 억압된 감정은 서로 전달된다고 한다.

시소 효과라는 게 있다. 이것은 남편이 과묵하고 무심할수록 왜 그 아내가 점점 더 열을 내며 흥분하게 되는지를 설명하는 것이다. 밑이 통하는 두 개의 유리관의 한쪽의 물을 내리누르면 다른 쪽이 올라가듯이, 남편이 분노의 감정을 자꾸 아래로 누르면 그 감정은 아내의 감정을 올려서 아내가 폭발하게 되는 것이다.

불행히도 수백만의 사람들이 언짢은 감정을 드러내지 않고 가슴속에 계속 묻어 두고 그 대신에 약물이나 알코올, 담배의 힘을 빌리거나 과식, 과로 등으로 자기 몸을 혹사시킨다. 이 방법들은 불쾌한 심사를 일시적으로는 가라앉히지만 잠재의식 속에는 감정의 찌꺼기가 계속 쌓이고 있는 것이다.

한 조사에 의하면 조사에 응한 대부분의 암환자들이 수 년 동안 한 번도 분노를 터뜨리거나 우는 것과 같은 격렬한 감정 표현을 한 적이 없다고 말했고, 또한 감정을 절제하는 능력을 아주 자랑스러워하고 있었다.

'눈물은 하나님이 주신 선물'이라는 말이 있다. 울고 싶을 때는 울어야 한다. 눈물은 우리 신체의 안전장치라고 할 수 있다.

골다 메이어는 "나는 항상 자기의 감정을 마음놓고 드러내지 못하는 사람이나 마음껏 울지 못하는 사람을 보면 가슴이 아프다. 왜냐하면 울지 못하는 사람은 웃을 줄도 모르기 때문이다."라고 말한다.

캘리포니아 신경 정신가 의사 타즈, W. 킨니는 남자가 여자보다 알코올 중독자가 세 배 가량 많은 것은 그만큼 자주 눈물을 흘리지 않기 때문이라고 밝혔다. 소년 시절부터 남자가 눈물을 흘리면 사나이가 될 수 없다고 우리는 배우는 것이다. 결국 그들은 알코올의 도움을 받게 된다. 상당수의 사람들이 자신의 분노나 슬픔을 술의 힘을 빌어 나타내려고 하는 것이다.

그러나 감정을 계속 억누르게 되면 궤양, 편두통, 고혈압, 인간 기피증 따위의 심각한 신경성 질환을 앓게 된다는 사실 또한 모든 심리학자들의 공통된 진단이다.

그러면 어떻게 해야 하는가?

윌리엄 두베이 신부는 말한다.

우리가 지향해야 할 가장 인간적인 일은 우리가 느끼는 감정과 생각하는 내용을 솔직하게 말하고 표현하는 법을 배우는 일이다. 그렇게 자신을 솔직하게 표현하는 일은 사랑을 배울 수 있는 첫째 조건이다.

표현될 때만 의미를 갖는 감정

감정은 표현될 때만이 그 의미를 가진다. 당신은 자기 감정에 대해 철두철미하게 진실해져야 하며 그것을 솔직히 남에게 표현할 수 있어야 한다.

사랑을 느끼는 능력은 완벽하게 진실해질 수 있는 능력에 정비례한다. 말과 행동과 태도를 통해서 당신이 사랑하는 사람에게 자주 표현하라. 상대방이 그것을 알고 있다고 가정하지 말라. 왜냐하면 표현하지 않으면 사랑은 결코 상대에게 전달되지 않으며 느껴지지 않는 것이기 때문이다.

당신이 우울하거나 외롭거나 이해를 받지 못했다고 느낄 때, 상대방에게 얘기를 하라. 그러면 그는 당신을 위로할 수 있다는 능력을 가지고 있다는 사실에 힘을 얻는다. 거절당하기 두렵기 때문에 감정을 자제하지 말라. 대부분의 사람에게는 친구를 사귀고 싶어하는 마음과, 사랑하는 사람을 얻고 싶어하는 마음이 감추어져 있다는 사실을 명심하라.

우리는 사랑이 필요하면 필요하다는 사실을 나타내어야 한다. 당신이 누구에겐가 외로움을 고백하고, 사랑을 요구하면 받아들여질 가능성이 있다. 왜냐하면 흔히 상대방도 당신이 느끼는 것과 비슷한 외로움을 느끼고 있기가 쉽다. 그러나 당신과 아무리 가까운 사람도 당신이 표현하지 않은 요구와 느낌은 알 수 없다.

자기가 상대방에게 원하는 것이 무엇인지 솔직하고 분명하게 말하라. '당신이 진정 나를 사랑한다면 내가 무엇을 원하는지 알 수 있다' 는 말은 현실적으로는 매우 어렵다. 당신의 배우자에게 당신을 행복하게 만드는 것이 무엇인가를 말해 주어야 한다. 자기의 소망을 말해 주지 않는 사람보다 더 사랑하기 어려운 사람은 없는 것이다.

가슴속의 감정을 솔직히 표현하고 깊숙이 묻혀 있던 사랑을 느낄 때마다 당신은 사랑할 수 있는 능력을 키워가고 있는 것이다.

삶의 열정을 되찾는 길은 오직 한 가지, 느낌의 통로를 열어 두는 것, 당신의 모든 감정들을 생생하게 살아 움직이게 하는 것뿐이다.

접촉, 포옹하라

존 레넌의 '사랑(love)' 이라는 곡 중에 다음과 같은 가사가 있다.

love is touch, love is feeling

사랑은 만지고 만져지고 싶은 것이다.

단테는 "만일 눈과 손으로 새롭게 사랑하지 않는다면 여자의 마음속에 있는 사랑의 불꽃은 잠깐 있다가 사라질 뿐이다."라고 말한다.

동물들이 새끼들을 혀로 핥아 주는 것은 깨끗하게 씻어 주기 위해서 뿐만이 아니라 애정의 표현이며 새끼들의 정서와 성격에 좋은 영향을 주기 위해서라는 것이 밝혀졌다.

대부분의 사람들은 아이를 어루만져 주고 강아지도 어루만져 주면서도, 성인에게는 어루만져 주지 않는다. 어느 부인이 말했다.

나는 남편이 다정하고 부드러운 사람이 될 수도 있다는 걸 알아요, 그이는 개한테는 그렇게 하니까요!

미국 캘리포니아 의과대학의 데이비드 부레슬리 박사는·말한다.

우리들은 누구나 사랑하고 애무하는 방법을 통해 육체적인 욕구를 표현하고 충족시키는 방법을 익히면 행복해질 수 있다. 그래서 나는 환자들에게 숙제를 주어서, 앞으로 여러 주일 동안 하루에 네 차례 남을 포옹하고 또 남들에게서 포옹을 받도록 하라고 지시한다.

심지어 나는 정식으로 처방을 써주는데, 그 내용은 간단히 '하루에 네 번 포옹하시오 — 빼먹으면 안 됨'이라고 적어 준다. 이 치료 요법이 얼마나 효과가 있고, 병이 나아가는 과정에서 어떤 역할을 하는지를 절대로 과소평가해서는 안 된다. 그리고 그것은 또한 안전한 처방이기도 하다.

내가 알기로는 지금까지 포옹을 너무 많이 해서 죽었다는 사람의 얘기는 한 번도 들어본 적이 없다. 하지만 환자 중의 한 사람은 이런 말을 했다.

"그건 중독성이 있어요. 일단 포옹하기 시작하면, 그 버릇을 떨쳐버리기가 어려워요!"

미국의 정신건강 상담원인 한 간호사는 포옹의 좋은 점 10가지를 다음과 같이 말하고 있다.

1. 기분 전환에 좋다.

2. 외로움을 없애 준다.

3. 두려움을 이기게 해준다.

4. 자부심을 갖게 해준다.

5. 이웃을 사랑하게 해준다.

6. 긴장을 풀어준다.

7. 불면증을 없애준다.

8. 근육을 튼튼하게 해준다.

9. 욕구 불만이 있는 뚱뚱한 사람들에겐 식욕을 줄여 준다.

10. 즐거움과 안정감을 준다.

초등학교 미술 시간에 아이들이 빨랫비누로 사람 얼굴을 조각하고 있었다. 그런데 한 아이는 머리를 숙인 채 손톱으로 책상만 긁고 있었다. 선생님은 반장을 시켜 빨랫비누를 사오게 해 그 아이에게 주었다. 비누를 받아든 아이는 조각은 하지 않고 다만 눈물만 흘리고 있었다. 그때 선생님은 아이를 꼭 껴안고 어깨를 토닥거리면서 말했다. "네 마음 다 알고 있다. 이해한다."

그후 성인이 된 아이는 다음과 같이 말했다.

그날 선생님의 품에서 느낀 따뜻한 체온은 나이 삼십이 다 된 지금 거친 세파를 헤쳐나가는 나의 유일한 버팀목이 되어 주고 있다.

사랑하면 쓰다듬고 어루만져 주고 되도록 많이 껴안아 주어야 한다.

　미국의 한 연구팀이 터칭과 신뢰도의 관계를 연구하면서 다음과 같은 실험을 했다. 공중전화통에 동전을 미리 넣어놓고, 전화를 사용하고 나온 사람들에게 접근하여 "내가 모르고 동전을 전화통에 넣어둔 채 그냥 나왔는데 그 동전을 보았습니까?"라는 질문을 했다. 그런데 질문할 때 상대방의 팔을 살짝 만지면서 물었을 때는, '예스!' 하면서 동전을 돌려주는 사람이 열 명 중 여덟 명이었지만, 터칭이 없었던 사람들은 반대로 열 명 중 여덟 명이 '노!'라고 대답했다고 한다.

많이 접촉하는 것이 좋다

　K. 라르슨과 J. 데타르트는 '당신은 당신이 누구를 만지거나 누가 당신을 만지는 것에 대해 어떻게 느낍니까'라는 질문을 하고 그 답변을 분석했다. 그 결과 남녀 구별 없이 만지는 것에 대하여 편안하게 느끼는 사람들은 그렇지 않은 사람들에 비해서 더 수다스럽고 낙천적이며 적극적이고 사회적 규범에 덜 얽매이는 기질의 사람인데 반하여, 만지는 것에 대해 불편하게 느끼는 사람들은 정서적으로 불안하고 사람들과의 접촉을 꺼리는 사람들로 밝혀졌다.

　오하이오 주립대학에서는 다음과 같은 실험을 했다. 토끼들에게 지방질이 많은 음식을 주고 동맥경화증과의 관계를 연구했는데, 학생들이 안아준 토끼들이 그렇지 않은 토끼들보다 혈관 속의 지방질이 절반밖에 쌓이지 않았다는 사실을 발견했다. 연구자들은 '아마도 이것이 왜 여자들보다 남자들이 그토록 더 많이 동맥경화증에 잘 걸리는지 조금이나마 설명해 줄지도 모른다'고 결론 내렸다.

　이탈리아인이나 프랑스인 들은 한 시간 이야기하는 동안 서로 몸이 백 번쯤 접촉하는 데 반해 미국인은 세 번도 안 된다. 우리 한국인들은 몇 번쯤 될까?

함께 식사하고 노는 시간을 늘려라

캐나다의 신문 '토론토 스타'가 십대 청소년 527명을 상대로 조사한 바 다음과 같은 결과가 나왔다.

적어도 일주일에 다섯 번 이상 가족과 저녁식사를 함께한 아이들이 마약을 하거나 우울증에 걸릴 가능성이 더 적고, 학교 생활도 의욕적이었으며, 친구들과의 관계도 더 좋았다.

가족과 식사를 함께하면 이야기를 많이 나누게 되고 가족끼리의 유대감도 증가되며 상호 불신이 줄어지고 사랑의 유대가 강화되는 것이다.

또한 미국 전역에서 우수한 학생들에게 주는 장학금의 최종 선발 대상 학생들을 상대로 실시한 조사에 따르면, 우수한 학생들의 유일한 공통점은 그들이 '저녁식사를 반드시 가족과 함께했다는 것'이었다.

다음과 같은 실화가 있다.

스미스는 중학교 1학년 리키 군과 함께 놀아본 지 5년이나 되었다. 리키는 학교 성적이 형편없었다. 카운슬러는 스미스에게 아들과 함께 노는 시간을 가지라고 충고했다. 그래서 스미스는 리키가 좋아하는 낚시를 일요일 날 떠났다. 리키는 하루 종일 기쁜 마음으로 들떠 있었으나, 스미스는 사업 생각을 하느라, 거기다가 낚시중에 소나기까지 와서 스트레스를 받았다. 저녁에 집에 도착한 스미스는 아내에게 투덜거리며 몸살이 났다고 일찍 자리에 누웠다. 그 다음날 스미스 부인은 리키 방을 치우다가 펼쳐진 일기장을 보게 되었는데 다음과 같이 쓰여져 있었다.

'오늘은 내 생애에 가장 즐겁고 행복한 날이었다. 아버지와 낚시를 같이 했다는 것은 믿을 수 없을 만큼 감격스러운 일이었다. 나는 이제 우리 아버지가 제일 좋아졌다. 나를 위해 함께 낚시를 가준 아버지를 나는 언제나 기억할 것이다. 아버지가 나를 사랑한다는 사실을 이제 알게 되었다. 아버지와 가끔 낚시를 갈 수 있기를 나는 기대한다. 사랑하는 아버지, 감사합니다.'

아들의 일기를 아내를 통해 전해 들은 스미스는 '내게는 가장 지루하고 고통스러웠던 날이 리키에게는 가장 즐겁고 행복한 날이 되었다'는 사실을 깨닫고 그후로는 리키와 자주 낚시를 가고 다른 놀이도 함께하면서 즐길 수 있게 되었다.

심리학의 이론에 따르면 어떤 집단이든 사람을 결속시키는 힘은 두 가지라고 한다.

하나는 음식, 신체적 보살핌, 돈 등이 제공하는 '물질적 에너지'이며, 다른 하나는 상대방의 목표에 관심을 기울여 주는 '정신적 에너지'라고 한다. 부모와 자식이 사고방식, 정서, 활동, 꿈을 공유하지 못하면 그들 관계는 물질적 욕구의 충족이라는 이유 하나만으로 간신히 유지된다고 한다. '박한 상 사건'의 경우처럼 자식이 부모를 살해하는 경우가 우리 사회에 늘어나고 있는 이유는 물질적 욕구만 충족시켜 주면 부모의 의무를 다했다고 하는 데서 기인하는 것이다. 고액과외를 시키고 충분한 용돈을 준다고 부모가 최선을 다한 것은 아니다. 그것보다는 자녀의 진정한 꿈에 관심을 가져 주고 함께 식사하고 노는 시간을 가지는 것이 부모의 진정한 의무인 것이다. 이것은 남녀 사이에도 마찬가지로 적용되는 것이다.

【참고문헌】

A. 마다이스 외,《성과 사랑의 조화》, 박영도 역, 서광사, 1985

삐에르 뷔르네,《애정론》, 구승회 역, 신학문사, 1991

로버트 스턴버그 외,《사랑의 심리학》, 고선주 외 역, 하우, 1994

마르셀 오클레르.《삶은 모두 남자와 여자에 관한 것이다》, 김정옥 역, 박우
사, 1991

이준상,《XXXY, 젊은 생물학자의 남성과 여성심리탐구》, 도솔, 1998

이인식,《성이란 무엇인가》, 민음사, 1998

리처드 포스너,《성과 이성》, 팽원순 역, 동아출판사. 1994

조혜정 외,《새로 쓰는 사랑 이야기》, 또 하나의 문화, 1996

이상화 외,《새로 쓰는 성 이야기》, 또 하나의 문화, 1996

마리앤 윌리엄슨,《울고 있는 여성, 당신은 우주의 어머니》, 한동완 역, 고
려원미디어, 1995

이유섭,《성관계는 없다》, 민음사, 1996

죠르쥬 바따이유,《에로티즘》, 조한경 역, 민음사, 1995

R.베이커외,《철학과 성》, 이일환 역, 홍성사, 1982

라즈니쉬,《성의 미학》, 이상영 역, 을지출판사, 1995

프란체스코 알베로니,《에로티시즘》, 김순민 역, 강천, 1992

레오 버스칼리야,《사랑에 관한 성찰》, 우계숙 역, 문예출판사, 1998

장계도,《사랑의 구체성》, 행림출판, 1988

이상헌,《사랑받는법 사랑하는법》, 중앙일보사, 1985

森川昭彦,《아름다운 여성》, 조동춘 역, 언어문화사, 1980

김중술,《新사랑의 의미》, 서울대학교출판부, 1994

김계현 외,《거꾸로 배우는 사랑과 결혼》, 미학사, 1993

W.에버렛,《삶과 사랑》, 장문평 역, 금성출판사, 1989

레오 버스칼리아,《서로 사랑하며》, 안정효 역, 고려원,1984

헬렌 E. 피셔,《사랑의 해부학》, 김남경 역, 하서, 1994

앙드레 모로와 외,《사랑한다는 말은 아직도 소중한 것》, 정철훈 역, 배재서
관, 1988

존 그레이,《화성남자와 금성여자의 침실가꾸기》, 김경숙 역, 친구, 1996
        《화성에서 온 남자 금성에서 온 여자》, 김경숙 역, 친구, 1999
        《화성남자 금성여자의 결혼지키기》, 김경숙 역, 친구미디어, 1995

윤가현,《성문화와 심리》, 학지사, 1998

21세기 행동심리연구소,《데이트 기술》, 미디어 서울, 1997

알렌 L 맥기니스,《사랑과 우정을 창조하는 여자, 남자》, 서문호 역, 안산미
디어, 1994

마광수,《性愛論》, 해냄, 1997
        《사랑의 다른 기술》, 여원, 1992

巖井寬,《사랑의 형이하학》, 한용득 역, 명문당, 1993

G.윌슨,《에티켓》, 권성희 역, 누림, 1998

이상헌,《남편은 아내하기 마련이다》, 드림북스, 1998

와타나베 준이치,《남자라는 것》, 북피아, 1998

시부사와 타츠히코,《몸, 쾌락, 에로티시즘》, 문대찬 역, 바다출판사, 1999

이홍,《결혼, 그 새로움의 천태만상》, 혜진서관, 1999

M.스콧 펙,《끝나지 않은 길》, 김창선 역, 소나무,1993

시라이시 고우이찌,《재미있고 즐거운 심리학》, 박달규 역, 한국산업훈련연구소, 1991

오 메이신,《귀여운 여자라는 말보다 지혜로운 여자라는 말을 듣고 싶다》, 남여명 역, 선영사, 1999

로버트 슐러,《어떻게 사랑하며 어떻게 살 것인가》, 신태영 역, 문학사상사, 1997

H.A 보우맨,《행복한 결혼》, 황동문 역, 한 그루, 1985

알렌 L 멕기니스,《사랑과 우정을 창조하는 여자 남자》, 서문호 역, 안산미디어, 1994

윌리엄 올코트,《젊은이여 매력적인 인생을 만들어라》, 윤미례 역, 을지출판사, 1992

최광선 편역,《재미있는 인간심리》, 기린원, 1990

데보라 태넌,《남자의 말, 여자의 말》, 정명진 역, 한국언론자료간행회, 1999

사라 할프린,《예쁜얼굴 콤플렉스》, 최순희 역, 문학사상사, 1996

백선애 외,《나는 당신을 사랑합니다, 1,2,3,4》, 느낌, 1999

미하이 칙센트미하이,《몰입의 즐거움》, 이희재 역, 해냄, 1999

김지룡,《나는 솔직하게 살고싶다》, 명진출판, 1999

양창순,《남자를 알아야 사랑이 자유롭다》, 명진출판, 1997

전여옥 · 임정애,《여성이여 느껴라 탐험하라》, 푸른숲, 1997

양은영,《아줌마는 야하면 안되나요?》, 다솔, 1995

이시형,《여자는 모른다》, 살림, 1998

이수원,《삶과 사랑의 미학》, 집문당, 1997